13 segundos

Bel Rodrigues

00:13

13 segundos

Bel Rodrigues

00:13

10ª edição

Galera
RIO DE JANEIRO
2023

CIP-BRASIL. CATALOGAÇÃO NA PUBLICAÇÃO
SINDICATO NACIONAL DOS EDITORES DE LIVROS, RJ

R611t
10ª ed.Rodrigues, Bel
13 segundos / Bel Rodrigues. - 10ª ed. - Rio de Janeiro : Galera Record, 2023.

ISBN 978-85-01-11499-0

1. Ficção brasileira. I. Título.

CDD: 869.3
CDU: 821.134.3(81)-3

Meri Gleice Rodrigues de Souza - Bibliotecária CRB-7/6439

Texto revisado segundo o Acordo Ortográfico da Língua Portuguesa de 1990.
Projeto gráfico e capa: Marília Bruno

Direitos exclusivos desta edição reservados pela
EDITORA RECORD LTDA.
Rua Argentina, 171 - Rio de Janeiro, RJ - 20921-380 - Tel.: (21) 2585-2000.

Impresso no Brasil

ISBN 978-85-01-11499-0

PARA ZÉLIA, MINHA MELHOR AMIGA,
que me ensinou a importância de uma mulher impor-se em prol de si. Obrigada, vó.

E PARA TODAS AS MULHERES,
que foram corajosas o suficiente para me contarem suas histórias. Vocês fazem parte deste livro.

01

AGORA EU QUERO IR

Anavitória

◀◀◀II▶▶▶

Lola • antes

A decisão de terminar meu namoro com o Leo foi a mais difícil que já tomei na vida. Ele foi o meu primeiro amor, o único garoto que mexeu comigo a ponto de me fazer esquecer o mundo quando estávamos juntos, era mágico, quase como naqueles filmes melosos, com relacionamentos tão perfeitos que parecem impossíveis. A forma como acabou aos poucos foi o que me deixou mais triste e insegura, porque, quando vivenciamos um sentimento tão bom com alguém, dá medo de não voltar a ter isso nunca mais. E por muito tempo eu convivi com esse conflito interno, até finalmente me decidir. Precisei de uma dose de coragem e três de força de vontade ao iniciar o que seria a nossa última DR, principalmente porque mal conseguia encará-lo por muito tempo; o olhar perdido e suplicante dele me doía, mas eu sabia que precisava colocar um ponto final na nossa história.

Não havia mais amor, tesão, cumplicidade. Eu estava cansada dos hobbies infantis do Leo e da mesmice do namoro: o futebol dele às quintas, os amigos o chamando de gay, como se fosse um xingamento, e mais um monte de clichês que pertencem a um mundo no qual eu não me encaixo. Perdi a conta de quantas vezes meus amigos se ofenderam com alguma piadinha do Leo, e aquilo acabava me afetando também, afinal, que tipo de cara eu queria ao meu lado? A felicidade dos primeiros meses acabou sustentando o namoro até o fim. E era melhor colocar um ponto final na angústia antes de voltar às aulas, justamente para que as coisas se ajustassem sem afetar nosso desempenho no último ano do Ensino Médio. Inevitavelmente, lembrei de nosso diálogo, quase três meses atrás.

— Leo, já entendi tudo que você falou e também sei que pareceu uma decisão precipitada, mas não foi. Eu penso nisso há semanas e já tinha comentado com você, que várias vezes preferiu ignorar, mudar de assunto, falar que era besteira — fiz aspas com os dedos — minha, que se eu pensasse melhor, mudaria de ideia. Não mudei de ideia e também não quero fazer isso bem no meio do ano para não nos atrapalhar no colégio. Gosto muito de você, mais do que já gostei de qualquer outra pessoa, e não vou esquecer este último ano que passei ao seu lado, vivemos momentos incríveis... — Respirei fundo antes de continuar. — Mas não estamos mais felizes juntos.

Vomitei as palavras de tal maneira que levei alguns segundos para acreditar. Nem ao menos prestei atenção na reação dele, mas consegui perceber que mexia as mãos, nervoso, até que parou e me respondeu:

— Na verdade, quem não está feliz é você. Espero que sua decisão não seja um pretexto pra curtir o terceiro ano à vontade — disse, com sarcasmo.

— Oi? Não, não tem nenhum outro motivo. Acredito que não estar feliz já é o bastante. E mesmo se fosse só para curtir o terceiro ano, isso não tem nada a ver com ninguém além de mim.

— Só acho imaturidade terminar um namoro para curtir, por isso falei. E não vou fingir que não estou decepcionado com você — afirmou, me encarando.

Engoli em seco.

— Você prefere que eu fique ao seu lado sem vontade? Só fui sincera, para de tentar jogar a culpa para cima de mim. Relacionamentos terminam todos os dias, paciência — desabafei.

Não era possível que Leo fosse tentar me colocar como a vilã da história! Eu realmente não tinha enxergado esse lado infantil dele quando começamos a namorar. Vai ver o amor é mesmo cego. Mas de repente eu via tudo com clareza e sabia que não seria feliz ao lado dele. Cada vez Leo provava mais isso.

— Espero que você não se arrependa, só isso. Porque vai ser tarde demais. O mundo pode ser uma merda de vez em quando, principalmente sem ninguém pra nos amparar nesses momentos, e eu não vou ficar aqui te esperando — disse Leo, quase sussurrando.

A expressão de tristeza dele me deu uma ligeira vontade de esquecer o término e fingir que era tudo uma pegadinha, mas o que ele havia acabado de falar ecoou na minha cabeça por alguns segundos. Eu tinha certeza do que estava fazendo. Não iria me arrepender.

— Isso foi uma ameaça? — questionei, me recusando a acreditar, mas com medo da resposta.

— Claro que não. Não tenho mais doze anos, Lola. Só falei isso porque sempre cuidei de você, mesmo antes de namorarmos. Mas agora, querendo ou não, vamos nos afastar. Não vou conseguir ser seu amigo logo de cara e agir como se não quisesse você.

Ao ouvir as palavras dele, fiquei em silêncio. De fato, como posso exigir amizade se ele realmente parece estar mais abalado que eu?!

— Tudo bem. Leva seu tempo, eu estarei aqui mesmo assim. Não vou esquecer o que vivemos, Leo. Mas sei que o melhor agora é isso, o fim. — Encarei-o com o coração apertado. — Vou pra casa.

— Qualquer coisa, você sabe onde me encontrar. — Ele concluiu, abrindo a porta do quarto para eu sair.

Atravessei o corredor a passos largos, dei um rápido aceno para a minha agora ex-sogra na sala e fui praticamente correndo para a minha casa, que ficava a três quadras dali. Sei que fiz o certo, mas a sensação de vazio começava a me tomar. Resolvi que, naquela noite, as redes sociais poderiam sumir. Desliguei a internet do celular, colocando-o no silencioso, e ouvi música até pegar no sono. A playlist "fundo do poço", que a minha melhor amiga Ariel havia criado, se encaixava perfeitamente ao momento, talvez eu até grave um cover de uma das músicas amanhã. Talvez.

O despertador mal havia começado a tocar e eu já estava sentindo uma dor incessante na cabeça. Será que era meu corpo pedindo para as férias não acabarem, para fingirmos que as aulas não voltariam em menos de duas horas? Seria um sinal de que eu ainda precisava de mais dias regados a Netflix, pizza e práticas de canto? Nos últimos dois meses, desde o fim do meu namoro com o Leo, essa tem sido a minha vida. Com exceção da única vez que caí na pilha de sair com as meninas e acabei a noite na cama de um cara — que espero que seja mesmo tão maravilhoso quanto diz minha memória. Como estávamos bêbados, nem ao menos sabemos o nome um do outro. Minha mãe disse que isso, no mundo adulto, era afogar as mágoas. No meu mundo é só uma noite exagerada com direito à ressaca amargurada no dia seguinte, até porque eu nem gosto de beber demais a ponto de ter amnésia alcoólica.

Mas a realidade me chamava de volta à Terra. E meu futuro batia cada vez mais forte à minha porta. Ou melhor, era a minha mãe mesmo.

— Lola, já está na hora de acordar! — gritou ela, e, pelo som de seus saltos batendo no chão, eu sabia que ela já estava atrasada.

Me espreguicei duas vezes antes de me levantar de vez e ir para o meu banheiro.

— Já estou me arrumando, mãe. Você vai levar a Nina para a escola? Se preferir, ela pode ir comigo. O dia está ensolarado, não preciso de carona — falei em voz alta.

— Combinado. Não se esquece de pegar a lancheira dela. Já estou indo — avisou com a voz sumindo conforme ela se afastava.

Dona Lisa detestava se atrasar e ficava tão impaciente com a ideia de perder uma reunião logo no começo do dia que mal conseguia estabelecer uma conversa decente, mesmo sendo segunda-feira.

— Até à noite — falei, já sabendo que ela não tinha me escutado, e abri o chuveiro.

Encontrei Nina sentada à mesa da cozinha, acabando de comer seus sucrilhos e de uniforme da escola. Minha irmã mais nova divide o posto das duas maiores paixões da minha vida, lado a lado com a música. Nina tem sete anos, é superinteligente e vive questionando todo mundo ao seu redor de tão tagarela que é. Quando chegou em casa pela primeira vez, estava assustada, mas não se escondeu. Pelo contrário, se aproximou de mim e me mostrou a sua boneca nova na maior empolgação do mundo. Minha mãe a adotou quando ela tinha apenas dois anos e eu comprei totalmente a ideia; Nina já carregava uma grande história.

— Mana, a lancheira que a mamãe comprou é rosa igual às das minhas amigas! Quero uma lancheira roxa ou azul — berrou Nina, enquanto eu servia meu café da manhã.

— Nininha, você sabe que vai ganhar uma lancheira nova no próximo ano. É só se comportar nas aulas, como sempre fez.

— Você me promete? Já pedi tantas vezes, mas a mamãe tá sempre correndo e nunca me escuta. Só quando ela senta para ver *tevelisão*. — Cruzou os braços e me encarou, séria.

Não consegui controlar a gargalhada.

— É te-le-vi-são, mana — corrigi, ainda rindo. — E não liga pra isso! A mamãe tem que trabalhar pra comprar a lancheira nova. — Pisquei para ela. — Agora vamos pra escola, anda, preguiçosa!

Estou iniciando o terceiro ano, e o dia que mais esperei durante os dois últimos anos finalmente chegou: o uniforme não é mais obrigatório. Estamos livres daquele padrãozinho! Por isso, optei por uma blusa de alcinha, porque, mesmo no Sul, fevereiro pode ser bem quente — e o sol queimava já cedo —, uma calça jeans desfiada e All Star. Prendi meu longo cabelo e passei o rímel preto de sempre nos cílios, além do protetor solar. Não sou tão viciada em maquiagem assim, mas, como a minha pele é muito clara, qualquer exposição ao sol já me deixa vermelha que nem um camarão mergulhado no molho laranja de um bobó! Então costumo usar filtro solar em todas as estações, e sou meio paranoica com isso. Dei uma última olhada no espelho e mexi um pouco no rabo de cavalo, para deixar bagunçadinho. Faz uma semana que tirei a tinta rosa das pontas e decidi deixar os fios cor de mel, com mechas mais claras, e ainda não me acostumei. Sempre arregalo os olhos quando me olho no espelho. Definitivamente tenho problemas com mudanças bruscas.

Fomos caminhando até o colégio, o que dá uns vinte minutos, e eu sentia Nina apertando a minha mão. Ela não tinha me dito nada, mas eu sabia que estava nervosa para começar o primeiro ano do fundamental e reencontrar as amigas. Quando começou a frequentar a escola nova, no ano retrasado, acabou tendo dificuldade de se adaptar e os professores aconselharam que ela fizesse novamente aquele período. Junto com o acompanhamento de terapia familiar comigo e com nossa mãe, ela foi superando aos poucos o receio de fazer novas amizades. Ao chegar na escola, imediatamente ajudei Nina a encontrar a sala em meio aos corredores infantis. Eu a abracei e me despedi com um beijo na bochecha. Ela me apertou forte e disse que me amava. Confesso que meu coração se aperta toda vez que me despeço dessa coisinha.

— FINALMENTE ACHEI VOCÊ, QUERIDINHA! — Ouvi um grito atrás de mim enquanto eu subia as escadas até a minha nova sala e quase pulei, me virando rapidamente para ver quem era.

— Cacete, Ariel! Me dá um tapa na cara, me cutuca, mas não grita desse jeito! Sou muito nova pra enfartar — falei, gesticulando exageradamente.

— Ah, Lola, para de se fazer! Da próxima vez vou chegar mandando o agudo daquele cover que você fez de "Stone Cold" e aí sim te darei motivos pra reclamar! — Ariel sorriu. — Achei que você não viria hoje! Sumiu do grupo, só porque brincamos que queríamos pelo menos ver o rosto do cara da balada...

— É porque andei praticando um pouco mais antes de voltar pro coral. Fora as infinitas noites que passei acordada vendo série... Nem tem nada a ver com as zoações de vocês, ridícula! — Dei de ombros e sorri. — *Grey's Anatomy* está acabando com a minha vida, e não consigo fazer nada para controlar esse vício — brinquei, mas as suspeitas dela não estavam totalmente erradas.

— Sabia! Você parece que foi viver debaixo de uma pedra nas férias! Só sabemos do término e da bebedeira naquela noite, mais nada. E é bom mesmo você praticar, porque o Bruno me falou que o diretor estava pensando em cancelar o coral porque tem poucas pessoas demonstrando interesse. — Ariel baixou o olhar, triste.

— QUÊ? Sério isso? Mas e as pessoas que simplesmente amam cantar e precisam da bolsa de atividades extracurriculares? — questionei, ainda processando a informação.

— Você precisa da bolsa? Ahn... — Ela franziu o cenho.

— Não é isso, Ari. Não é só sobre mim. Eu não preciso da bolsa, mas muita gente do coral precisa.

— Entendi... Bom, ainda é só um boato, mas você sabe que o Bruno parece profeta. Tenho medo desse garoto. — Ariel trocou de assunto quando chegamos ao terceiro andar. — Por falar em Bruno, cadê ele? Não tô aguentando de saudade! E não basta que ele conte as histórias da viagem pelo celular, não é tão engraçado.

Eu sorri e puxei-a pelo corredor, procurando, de porta em porta, o número da nossa maldita sala. Quando finalmente encontramos, avistamos Melissa, a terceira integrante do nosso quarteto fantástico, sentada na fileira do canto e mexendo no celular. Mel era muito mais reservada do que eu e Ariel, sempre foi tímida, desde quando a conheci, cinco anos atrás. Nem percebeu que chegamos e que já estávamos indo até ela.

— Alô, planeta Terra chamando! — Ariel tirou um dos fones de ouvido de Mel.

— Gente, que saudade de vocês! — Melissa se levantou e nos abraçou ao mesmo tempo. — Ariel, que cabelo azul é esse? E, Lola, eu simplesmente estou apaixonada pelo seu batom novo! Vi ontem no stories e esqueci de perguntar onde você comprou!

— Respira, amiga! — Sorri, colocando a bolsa na mesa ao lado de Melissa. — Eu também estava com saudade. Como foi lá no Nordeste?

— Lá é muito lindo! Temos que combinar de ir um dia... — Mel suspirou voltando a se sentar.

— Pintei o cabelo ontem à noite, ordinária. Queria causar mesmo. Somos Lola e eu de cabelos novos, abram alas! — brincou Ariel, jogando o cabelo para o lado. — Já estou me preparando pra primeira festa do colégio, na NeonMix!

— Que festa? — perguntei, curiosa.

Sério que o ano mal tinha começado e já estávamos pensando em festas?

— Vai rolar uma fes... — Antes de Ariel concluir, o professor de Física entrou na sala e pediu silêncio. — Aff, depois falamos sobre isso — sussurrou, e eu concordei com um aceno de cabeça.

Detesto matérias como Física, Química, Matemática. Resumindo, detesto exatas. Números não são minha praia, e acho um saco toda essa pressão do terceiro ano, como se todos os alunos fossem obrigados a saber, aos 16, 17 ou 18 anos, o que querem fazer pelo restante da vida. Isso soa até um pouco desumano para mim, já que nem sei direito o que pretendo comer no intervalo. Acabei de completar 18 anos, ainda preciso pensar muito sobre minha carreira. Minha única certeza é a música e a vontade de aprimorar meu canto. O resto, ainda não faço ideia.

No início da aula, decidi que desenharia um relógio para cada momento de tédio durante a apresentação da matéria que teríamos nos próximos três meses. Quando o sinal tocou, eu tinha vinte e sete relógios rabiscados no caderno! Então, sim, vale dizer de novo que eu realmente não gosto de exatas.

— Psiu! — Ariel chamou minha atenção, e eu me virei para encará-la. — A festa vai rolar no final de semana, é tipo uma confraternização mesmo. Parece que as outras salas estão com vários alunos novos! Aqui na nossa eu só notei um... — afirmou, direcionando o olhar para um rapaz sentado na última carteira da nossa fileira.

Eu provavelmente não escondi minha surpresa quando olhei para trás e o avistei. Maxilar marcado. Cabelo castanho-claro puxado para trás. Tatuagem no braço esquerdo, uma aparecendo por debaixo da manga da camiseta preta e outras espalhadas. Meu coração deu um salto ornamental.

MEU DEUS DO CÉU! É ELE. É ELE? Não! Gente, não pode ser o cara que eu nem ao menos sei o nome, mas já vi pelado. Socorro!

Percebi que ele notou que eu estava encarando e virei o rosto imediatamente. *PUTA MERDA. Caralho. Puta que pariu. Que vontade de gritar todos os palavrões que eu conhecia.*

— Lola? — Ariel deve ter percebido minha reação um tanto quanto estranha e me chamou, erguendo a sobrancelha.

Respirei fundo antes de responder.

— Tatuagem provavelmente é meu ponto fraco — falei, ainda sentindo o meu coração acelerado, mas tentando disfarçar.

Ela sorriu.

— Se eu não fosse apaixonada pela Anna, já estaria procurando ele em todas as redes sociais, não vou negar! — A garota deu de ombros. — Você já se livrou do Leo, deveria começar a sair de novo. Mas dessa vez tente lembrar o nome dos caras no dia seguinte — zombou ela, e eu tentei rir da piada, mas meu sorriso saiu meio torto de tanto nervosismo.

— Não tenho intenção nenhuma de me envolver romanticamente com alguém no momento, Ari. Quem sabe daqui a uns meses... quando eu for uma cantora superfamosa... — brinquei, piscando para ela e tirando o já não mais tão misterioso tatuado da balada da mente.

O professor de Física mal havia deixado a sala de aula e a senhora Esther, professora de Literatura, já estava sentada em sua mesa, iniciando a chamada. Ariel respondeu e teve o cabelo novo elogiado. É impressionante como a Ari fica maravilhosa e radiante com qualquer cabelo, provavelmente até careca. Eu vivo picotando e pintando as pontas do meu, mas confesso que queria ser radical como a minha amiga e pintar tudo de uma vez só.

— LOLA? — Ouvi Esther questionando alto e me acordando dos meus pensamentos.

— OI! PRESENTE! AQUI! — gritei, afobada por causa do susto. Deus, eu estava meio descontrolada nesse primeiro dia de aula. — Desculpa, professora, não ouvi.

O pessoal gargalhou, e eu dei de ombros, sorrindo meio sem graça. Fingi que nem vi o sorriso de canto de boca que o tal aluno *novo* deu. Meu estômago se contraiu como se eu estivesse usando um daqueles aparelhos de academia da Polishop. Será que ele se lembrava de mim? Será que se lembrava de alguma coisa daquela noite?

— Tudo bem, querida. Adoro sua voz, principalmente quando você está cantando. Caso contrário, cuidado com esses gritos! Quase joguei minha mesa longe com o susto que você me deu! — brincou Esther, sorrindo.

— Perdão! — respondi, rindo. — Juro que da próxima vez só levanto a mão.

Após o breve momento de descontração, a professora iniciou a aula falando de Shakespeare, Jane Austen e de como a literatura inglesa deveria ter mais reconhecimento entre os jovens. Os dois tempos de Literatura passaram voando, muito provavelmente porque é minha matéria favorita. Esther, além de ser uma ótima professora, é também muito amiga da minha mãe. Talvez seja esse o motivo de eu me sentir completamente à vontade nas aulas dela.

Segundos após o sinal do intervalo dar o ar da graça, eu, Melissa e Ariel resolvemos ir até os armários para trocarmos os livros, e juro que não sei como cabe tanta gente nos corredores e, especificamente, nos que têm armários. É sempre um empurra-empurra, uma barulheira sem fim. Demoramos muito mais tempo do que o normal para achar nosso material, e acabamos perdendo minutos preciosos da melhor hora da manhã: o intervalo — ou seja, a hora de comer.

— Ainda bem que eu trouxe minha barrinha de cereal e não preciso ficar nessa fila quilométrica. Nem no primeiro dia esse lugar deixa de estar lotado! — Melissa exclamou, surpresa com o tanto de gente que estava na cantina.

— Como você consegue se satisfazer só com esse tantinho de nada, sabor areia misturada com decepção, Mel? Eu juro que comeria um boi tranquilamente... — brinquei, abrindo a minha bolsa. — Mas essa fila tá enorme mesmo, pelo menos eu coloquei umas frutas na bolsa antes de sair. Elas enganam minha fome por um tempo.

— Eu vou lá comprar um salgado e chamar a Anna. Já volto — disse Ariel, afastando-se da mesa e indo até o caixa.

Melissa avisou que iria ligar para a mãe, e eu aproveitei para comer minha humilde maçã.

— PENSEI QUE VOCÊ NÃO VIRIA HOJE!

Por pouco não cuspi o pedaço que tinha acabado de morder de tão grande que foi o susto que levei, mas, ao ver o Bruno, me levantei, subindo no banco, e o abracei muito forte.

— Te odeio! Tô com muitas saudade! Meu Deus, quero saber de cada detalhe da Irlanda! — Fui de tranquila para desesperada em segundos.

Mas não era para menos: Bruno, meu melhor amigo, foi passar um mês na Irlanda sem internet, celular ou qualquer outro tipo de tecnologia; se propôs apenas a vivenciar a cultura do país. O que ele chamou de "experiência detox", eu chamava de coragem e determinação mesmo. Desde que viramos amigos, o máximo que ficamos sem nos falar foi uma semana, porque ele não aprovava o meu namoro com o Leo e ficou muito irritado quando reatamos após uma briga séria que tivemos no ano passado.

— Temos assunto para mais dez anos de amizade! Antes, deixa eu te apresentar pro pessoal novo no colégio.

Bruno me soltou, e eu pulei do banco. Só nesse momento reparei que ele estava se referindo a dois rapazes que o acompanhavam, e que um deles era o tal aluno novo, homem misterioso ou sei lá mais qual apelido dar para ele. Puta que pariu, só pode ser um jogo comigo.

— Esse aqui é o Diego. — Bruno apontou para o outro menino. — É da minha sala e o conheço há um tempão, porque ele é amigo de infância do meu primo, mas só agora nos aproximamos de verdade.

— Oi, prazer! — Diego me cumprimentou com um beijo na bochecha e acenou para Mel, sendo retribuído com sorrisos de nós duas.

— E esse bonitão aqui é o John! Acho que você já viu ele, né?! — Prendi a respiração com o comentário. Como Bruno saberia disso? Só se o cara contou… — Já que ele está na sala de vocês... — Bruno me encarou, esperando uma resposta.

Senti as pernas ficarem bambas, olhei para o agora--nem-tão misterioso rapaz e balancei a cabeça, engolindo em seco antes de responder.

— Pior que eu nem reparei, estava quase um zumbi nas primeiras aulas... — menti impulsivamente.

Não sei exatamente por que fiz isso, mas me pareceu uma espécie de armadura para me proteger de uma possível vulnerabilidade.

— Ah, deixa pra lá! O John é metade canadense e metade brasileiro. Nasceu e foi criado no Canadá, mas, como o pai dele é daqui, resolveu fazer intercâmbio no Brasil e vai cursar o último ano no nosso colégio. Diego o conheceu num show há um mês e nos apresentou a ele na semana passada. Legal, né?!

Eu só queria me enfiar em um buraco enquanto Bruno me contava aquilo tudo, empolgado. Lembrei por que nem me dei ao trabalho de perguntar muito sobre ele naquela noite: por ser estrangeiro, já concluí que seria algo passageiro, nem passou por minha cabeça manter contato. Tive certeza de que jamais o veria de novo até que... Aff.

— Que demais! Sempre quis conhecer algum lugar da América do Norte. — Sorri discretamente.

— Prazer, Lola — disse John com um leve sotaque, esboçando um sorriso torto igualzinho ao que dera mais cedo na aula.

Não que eu tenha reparado! Só consegui balançar a cabeça, como uma tartaruga perdida, e meu olhar foi parar em seu maxilar. Aquela barba por fazer... que charme. Não admirar as tatuagens no braço dele estava sendo um teste de autocontrole e felizmente eu consegui me sair bem... por enquanto. Essa angústia de não saber se ele se lembrava de mim provavelmente ia me fazer parecer louca.

— Só pra lembrar que sim, tenho amigos novos e gosto de apresentá-los pra você. E, sim, ao mesmo tempo também tenho ciúme. Principalmente depois do Leonardo... — falou Bruno, e eu revirei os olhos, mostrando a língua. — Mas vamos falar de coisa boa, por favor. Vocês vão à NeonMix?

— Ainda não sei. Sabe como é, não sei se quero encontrar o Leo... Tô evitando ao máximo o contato com ele e só saí uma vez com as garotas porque sabia que ele não iria. É melhor dar um tempo pra nós dois. Não quero que ele estrague a noite de vocês também. Ele pode acabar bebendo demais e tentar falar comigo — desabafei e senti o olhar de John, mas não fui conferir se a sensação estava certa.

— Fala sério, Lola... Até parece que a gente deixaria algo acontecer. Vamos! Promete ser superlegal e tô com saudades de sair com vocês. — Ele acenou para Melissa, que sorriu e fez um joinha, já que ainda estava falando no celular. — Por favor?

— Seu chato! Vou analisar com carinho, prometo. — Cruzei os dedos na frente da boca e dei um beijinho: era uma promessa. — Mas sobre a sua estadia na Irlanda, me conta! Quero saber quantas mulheres e homens caíram no seu encanto.

— Brother, não é porque eu sou bi que saí pegando qualquer ser humano lá não, tá?! — brincou. — Você com essas perguntas parece a minha mãe quando eu me assumi.

— Nunca vou esquecer de você todo nervoso pra contar de uma vez, e a única coisa que ela perguntou foi se você poderia dar umas aulas, já que a vida dela seria muito mais divertida se ela também fosse gay. —

Sorri com a lembrança, e Bruno levou as mãos ao rosto, envergonhado. Notei que sua pele escura estava contrastando com uma nova e discreta tatuagem abaixo do cotovelo. Realmente ainda tínhamos muito o que conversar sobre essa viagem.

Ariel voltou acompanhada por Anna e ajudou Bruno a insistir que eu fosse na tal festa. Fui salva pelo gongo, que nesse caso era o sinal do fim do intervalo. Fiz uma careta porque só tinha conseguido comer uma maçã.

Fomos direto para a sala de aula e, quando entrei, John já estava lá sentado, na terceira carteira da fileira do canto esquerdo. Trocamos um sorriso constrangido. Mesmo estando com fone de ouvido, ele parecia atento ao seu redor. Eu queria entender por que esse garoto me traz uma sensação tão... estranha?! Ele é muito na dele, provavelmente nem se lembra daquela noite. Sem contar que eu mudei o cabelo! Nossa, como havia me esquecido desse pequeno detalhe? É óbvio que não lembra. Melhor assim.

— Amiga, todo mundo vai à festa da NeonMix, até os novos alunos da aula de canto! E lembra uma coisa: beber é o melhor jeito de fazer novos amigos — disse Ariel, como se estivesse recitando uma lição que aprendera num livro. — Acho que você sabe disso! — E sorriu. Ridícula.

— Já prometi que vou pensar, ok?! Acho que é mesmo uma boa para conhecer pessoas novas — respondi, louca para contar de uma vez para Ariel que o cara misterioso não era tão misterioso assim pra mim.

— Tudo bem, tenho até o final de semana pra encher seu saco. Não vou querer você trancada em casa logo no início das aulas, quando as festas mais bombam.

Dei um sorriso amarelo e fiz um joinha.

— Bom dia, terceiro ano! — cumprimentou o professor de Química enquanto colocava sua pasta na mesa.

— E lá vamos nós... — sussurrei, me ajeitando na cadeira.

Começar o ano já com ensaio do coral era tudo que eu queria. O salão nobre do colégio continuava sendo um lugar mágico para mim, pois aquele palco fez parte das minhas primeiras apresentações. Lembro até hoje da primeira vez que tive a maravilhosa sensação de cantar uma música para um público enorme, depois de muito treino e dedicação do grupo. Os arrepios a cada nota acertada, o sorriso orgulhoso do professor, os aplausos de pé. No salão eu me sentia em casa, pertencia àquele lugar.

— Lola, ajeite a postura. Ombros retos, coluna ereta. Lembra minha dica sobre sentir o diafragma? — orientou Jean, que era meu professor no coral desde que entrei.

É claro que eu lembrava. Algumas semanas antes da apresentação do final do ano passado, Jean e eu ficamos até oito da noite praticando. Não só meu número com o grupo, mas também o dueto que fiz com Bruno. Durante esse treino, ele me ensinou que o diafragma é uma tira de músculo essencial para o canto; ele separa a caixa torácica do restante dos órgãos. A técnica de canto profissional ensina a sustentar o diafragma através da respiração, assim usamos o músculo para forçar o ar dos pulmões através da nossa voz. Naquele mesmo dia, Jean me passou uma lista de exercícios para fortalecer o diafragma e tem sido muito útil desde então.

— Sim. Ombros retos, mas não estufados. Garganta aberta.

— Exato. 1, 2, 3, 4.

E o ensaio começou.

Duas horas, como sempre, passaram voando. Mesmo que eu tenha percebido Jean um pouco disperso e mais quieto que o normal, estava em êxtase por finalmente voltar às atividades do coral. Senti muita falta durante as férias. Peguei minha bolsa no guarda-volumes, chequei as notificações do celular e esperei Bruno terminar de conversar com a Beca, uma garota que eu só conhecia de vista.

— Vamos, brother? — perguntou ele, puxando o celular da minha mão e jogando-o na minha bolsa.

— Eu estava com tanta saudade disso — confessei, revirando os olhos. — Do coral e um pouquinho só de você.

— Engraçadinha. — Ele mostrou a língua e eu sorri, a caminho do estacionamento — Mas me diz, você vai à NeonMix, né? Por favor! Faz tempo que não bebemos juntos! — implorou, fazendo biquinho.

— Para de fazer essa cara de cachorro abandonado, brother. Vou ver como essa semana vai ser e te aviso logo logo, tá? Prometo considerar com carinho, embora me dê preguiça só de pensar nessas festinhas de começo de semestre. — Afirmei e dei de ombros, e Bruno me deu um abraço apertado de despedida.

Ficar em dúvida entre ir à festa da NeonMix ou ver um filme na Netflix não deveria ser um dilema de alguém da minha idade, certo? Mas a verdade é que eu preferia mil vezes o conforto do meu lar, o quentinho da minha cama, com pipoca e chocolate, a uma noite barulhenta e cheia de gente falando alto porque o som daquele lugar sempre está no último volume, totalmente desproporcional. E NUNCA ARRUMAVAM! Minha presença em um evento com pessoas do colégio também iria gerar comentários e eu queria evitar fofocas sobre o término. Por outro lado, precisava me distrair. Eu tentava terminar o enorme questionário inútil de Química, que não ia mudar em nada minha vida, mas minha cabeça fervilhava com aquela questão ainda mais difícil de resolver que qualquer simulado do vestibular que os professores já estavam nos orientando a fazer. Por que surgem tantas dúvidas no nosso caminho, hein?! Queria que o narrador da minha vida mandasse sinais aleatórios de qual seria a melhor escolha para mim em cada momento. É tanto dilema solto no emaranhado dos meus pensamentos que eu já não estava nem fazendo mais sentido.

— MAAAAAANA? — chamou Nina do primeiro andar.

— Oi, mana. — Andei até a ponta da escada e acenei para ela.

— Você pode me ajudar com meu dever de casa? — Só consegui enxergar os olhinhos pidões da sapeca e meu coração se encheu de amor, então desci rapidamente.

— Claro que sim, Nininha! Qual é a dúvida? — perguntei, olhando para os desenhos do livro.

— Eu queria saber por que o lápis cor de pele é esse — ela apontou para um lápis salmão — e não esse — apontou para o lápis marrom.

Fiquei parada tentando formular uma resposta que não demonstrasse quão surpresa eu estava.

— Mana, quem foi que te disse que existe só um lápis que representa a cor da pele? Nem toda pele tem a mesma cor, certo?! — respondi calmamente.

— Mas o meu colega me disse que o lápis cor de pele é esse aqui e que o lápis que representa minha cor não é ele, e sim o marrom. — Nina cruzou os braços, esperando uma resposta.

Eu me sentei ao lado dela, estava fervendo por dentro, querendo esganar esse garoto, mas, logo depois, lembrei que era apenas uma criança, provavelmente educada para pensar dessa forma.

— Olha, mana, existem muitas e muitas cores de pele espalhadas pelo mundo. Imagina só que chato seria se todos fôssemos iguais?! Blergh! — Brinquei fazendo careta, e ela sorriu. — Seu amigo ainda não deve ter aprendido que existem outras cores além da dele, por que você não explica isso pra ele na próxima aula?! Tenho certeza de que a professora também vai adorar a sua explicação. — Dei um sorriso confiante.

— Acho que sim. Ele é meu colega mais legal. — Ela não estava triste nem chateada.

— Então está combinado! Segunda-feira você pode explicar isso, ele vai adorar.

— Obrigada, mana. Vou continuar fazendo meu dever e colorindo o desenho. — Sorriu, voltando a prestar atenção na tarefa.

Cada vez que eu a via concentrada, meu coração apertava, porque automaticamente pensava em como o tempo parece voar quando se trata da Nina. Parece que foi ontem que a conhecemos no orfanato. Sua mãe biológica foi vítima de um tiroteio na comunidade em que elas moravam e, após diversas ligações de vizinhos para o serviço social, Nina foi levada para o abrigo. Lá, ela se isolou completamente das outras crianças e preferia brincar sozinha, ainda traumatizada com tudo que havia acontecido. Mesmo depois do divórcio conturbado, minha mãe ainda sonhava em ter outro filho e, por trabalhar no Tribunal Regional, sabia que grande parte das crianças esperando por um lar eram negras e que, em contrapartida, a maioria dos casais procurava por crianças brancas. Ao visitar o local e conhecer a história de Nina, não tivemos dúvidas: queríamos oferecer uma nova vida para aquela menininha. E quando vejo como ela está crescendo rápido, saudável e feliz, fico querendo que mantenha essa inocência para sempre, mas, ao mesmo tempo, enche meu coração de orgulho ver quão forte ela é, mesmo tão pequena.

E isso me deu força para me decidir. Eu não ia ficar trancada em casa só porque queria evitar meu ex ou comentários de terceiros. Os outros não deveriam me controlar nem tomar decisões por mim. Aquele seria um ano de muito estudo, então não faria mal me divertir um pouco antes que as coisas pegassem fogo com as provas e o vestibular. Aproveitei que minha mãe tinha chegado mais cedo do trabalho e ficaria com a Nina para dar uma hidratada no cabelo. Ariel me mandou umas dez mensagens por segundo para me perguntar se eu ia mesmo. Quando finalmente respondi que sim, ela sumiu. Minha vontade era ir até a casa dela e dar dois tapas naquela cara de sonsa, mas me contentei apenas em abrir o Facebook para dar uma distraída enquanto o creme capilar fazia efeito. Me surpreendi ao ver uma nova solicitação de amizade.

John Wright enviou uma solicitação de amizade.

Franzi a testa ao ler aquele nome. A foto de perfil era em preto e branco. Nunca fui de fazer charme quando quero alguma coisa, e isso se aplica aos homens também. Detesto joguinhos, enrolação, histórias mal contadas e mandar recado. Eu ficava cansada só de ouvir histórias assim. Provavelmente aceitaria John numa boa, ainda mais sabendo que ele era o único carinha que beijei nas minhas férias. Queria ter coragem suficiente para perguntar se ele se lembrava daquela noite. Já que ainda não tinha, fiz o que estava ao meu alcance: aceitei o convite de amizade e fui analisar o perfil dele, mas não sem antes contar às meninas.

[17:44] Lola: O John me adicionou no face, rs

[17:45] Mel: ASSIM DO NADA? Queeee?

[17:45] Ariel: Eu to no chão! SHIPPO!

[17:46] Anna: Gente, é só uma adicionadinha...

[17:46] Mel: Quando acabou de conhecer nunca é só uma adicionadinha! Será que ele vai à festa?

[17:48] Lola: Então, preciso falar com vocês sobre isso...

[17:48] Ariel: FALA LOGO, MULHER!

[17:49] Lola: Calma! É que ele é o cara daquela festa, lembram?

[17:49] Ariel: O sem nome???

[17:49] Lola: Sim, o misterioso! Não estou sabendo lidar com isso a semana toda, então por favor não me deixem ainda mais surtada!!!!

[17:49] Ariel: MEU DEUS DO CÉU

[17:50] Ariel: O QUEEEE?????

[17:50] Ariel: VOCÊ PEGOU BEM DEMAIS! E AINDA ESCONDEU DA GENTE!

Ri alto com o desespero de Ariel. Ela vive mandando mensagens em caixa alta, e consigo imaginar perfeitamente quão alto ela teria gritado se estivéssemos frente a frente.

[17:50] Mel: eu tô no chão, sem previsão de sair dele.

[17:50] Anna: Ele sabe que você é você? :O

[17:51] Lola: Não sei! E nem vou perguntar. Mas acho que não.

[17:51] Mel: Meu Deus, eu toda inocente ali em cima, achando que vcs não se conheciam...

[17:51] Ariel: Ainda sigo chocadíssima com esse plot twist na vida de Lolita. Orgulho de ser tua amiga!

[17:51] Lola: Para de me chamar assim, ridícula!

[17:52] Ariel: <3

Foi bom ter coragem e contar para as minhas amigas. Passei a semana toda tentando ignorar, mas meu olhar sempre era atraído para o lugar do John. Fugi do Bruno nos intervalos para evitar novos encontros, e consegui passar a semana sem trocar nenhuma palavra com ele, apenas nos cumprimentávamos educadamente. Mas não posso negar que ficava o tempo todo especulando coisas... Será que ele se lembrava daquela noite? Será que ficou me julgando porque fui embora correndo da casa dele, no meio da madrugada e sem me despedir?

Contar para as meninas me acalmou. Ainda faltavam dez minutos para remover o creme do cabelo e eu já estava incomodada. Por que tinha que demorar tanto? O rótulo prometia milagres, mas estava mais para uma tortura gosmenta. Abri de novo o Facebook, porque xingar no Twitter não foi suficiente para desabafar minha indignação com os rituais de beleza que a vida moderna exige hoje em dia. Foi então que percebi que John tinha acabado de curtir minha última postagem. Quase cuspi na tela do notebook o café que estava bebendo. Era um vídeo de quase dois meses antes (pois é, não atualizo meu perfil com frequência): um cover meu da música "Already Gone", da Kelly Clarkson. É uma letra muito forte que refletia meu estado de espírito da época, e para mim foi mais um desabafo do que qualquer outra coisa. Até então meus amigos tinham reagido com "uau", "amei" e "triste", enquanto ele apenas curtiu — para falar a verdade, nem sei se tinha visto até o final. Quando eu estava prestes a criar mil teorias sobre aquele gesto, o celular apitou. Meu Deus, eu estava virando uma daquelas pessoas que analisam o SIGNIFICADO de uma curtida.

[18:20] Ariel: ELE CURTIU O COVER DA LOLA

[18:20] Ariel: VAI DIZER QUE ISSO NÃO É NADA TAMBÉM?

[18:20] Ariel: Daqui a pouco já tá mandando nudes

[18:21] Lola: HAHAHAHAHAHAHAHAHAHAHAHA

[18:21] Lola: Quem me dera

[18:22] Anna: eeeeeeita...

[18:22] Mel: estamos de olho, querida!

[18:24] Lola: Larguem de loucura, gente HAHAHAHA

[18:24] Lola: Vou me arrumar, bye

[18:24] Anna: 20h30 quero todas prontas.
NÃO TESTEM A MOTORISTA DA RODADA, ok? Obrigada.

Anna resolveu fazer essa promessa de ficar sem beber até o final do semestre, ou seja, ela seria nossa motorista das festas por um tempo, o que era ótimo, pois evitava gastos com táxis e também teríamos sempre uma sóbria, a voz da razão, no grupo. As meninas estavam se arrumando na casa da Mel, mas eu preferi me arrumar sozinha, porque sempre fui a amiga que fica horas esperando as outras terminarem a maquiagem e o penteado, s-e-m-p-r-e. Como essa era a primeira festa do semestre, eu sabia que elas iam demorar duas vezes mais. Zero paciência. Abri o armário e não tive muitas dúvidas quanto a minha roupa: cropped, short de cintura alta, meia-calça preta superfina e um coturno preto de salto tratorado, que não deixava meus pés doloridos. Também peguei um casaquinho porque podia ser final do verão, mas o tempo de Curitiba é louco, muitas chances de fazer frio de madrugada. Ao terminar de colocar colar e anéis, resolvi deixar meu cabelo solto, para contrastar com a maquiagem leve. Só faltava meu batom marrom clássico e pronto! Chequei o relógio e presumi que Anna já estava chegando, e alguns segundos depois veio a confirmação:

— Lola, Anninha está aqui! — gritou minha mãe da cozinha.

— Tô descendo — respondi já a caminho.

— Não beba do copo de ninguém, não dê papo para homens bêbados e me ligue caso precise de carona na volta. Você tem dinheiro? — disparou ela, esquentando o jantar da minha irmã.

— Tenho, mãe. E provavelmente voltarei com a Anna também — falei, meio impaciente.

Ela repetia os mesmos conselhos toda vez que eu ia sair.

— Minhas amigas vêm aqui para bater papo, mas não devo beber mais que uma ou duas taças de vinho. Hoje estou comportada — brincou ela, com uma piscadinha.

Minha mãe tem dessas, às vezes.

— Er... Tá, mãe. Aproveita. Fui! Tchau, mana! — Acenei para Nina já na porta e fui para o carro de Anna.

02

TAKE YOUR TIME

Sam Hunt

◀◀◀‖▶▶▶

Por um milagre do destino, intervenção divina ou qualquer outra coisa sobrenatural, não tinha fila nenhuma para entrar na NeonMix. Nenhuminha! As festas do Ensino Médio não iam até tarde porque eram para menores de idade, então todo mundo chegava cedo. Nove da noite já era quase madrugada. Mal entramos e a Mel foi a primeira a abandonar o bonde. Ela fingiu, na maior cara de pau do mundo, que havia se perdido, mas sabíamos que o motivo do sumiço atendia pelo apelido de Vini. O rolo deles era antigo: namoraram no primeiro ano, eram completamente apaixonados, e juro que na época eu os considerava o casal mais lindo do mundo, mas a Mel vacilou feio e acabou ficando com outro garoto depois de uma briga com o Vini. Eu me lembro até hoje do dia. Ele falou que não suportava mais frescuras de "menininha" e que pularia fora se as coisas continuassem daquele jeito. Ela ficou puta da vida, foi para uma festa com as primas e pegou o primeiro cara que apareceu. Mal terminou de beijar, Mel ligou para mim, chorando feito um bebê, dizendo que queria morrer e que ia contar tudo para o Vini. Fui a pior amiga do mundo, porque fiquei totalmente sem reação, nunca imaginei que logo a Mel ligaria o foda-se daquele jeito. Enfim, ela contou tudo mesmo. E ele disse que jamais a perdoaria, e desde então os nossos rolês são tomados por um climão quando os dois estão presentes. Só que neste último verão algo aconteceu, eles se reaproximaram e agora ficam nesse lenga-lenga. Ela segue apaixonada, mas achava que ele ainda guardava rancor. Eu? Passava longe dessa treta. Já tinha as minhas para resolver, ou pelo menos para fingir que estava tentando resolver, obrigada.

— Uma caipira, por favor. De vinho — pedi ao barman, deixando à mostra minha pulseira que dizia "maior de idade" em negrito.

Cutuquei a Ariel para mostrar onde Mel estava.

— E uma cerveja também. — Ariel revirou os olhos para o casal-que-não-é-casal. — Será que o Vini tá de boa mesmo? Fico imaginando se ele não tá fazendo essa novela toda só pra se vingar dela... Confesso que morro de medo disso.

Franzi a testa, de olho nos dois. Mel estava rindo e tentando desviar o olhar do rosto de Vini, tímida, enquanto ele contava uma história aparentemente engraçada, gesticulando exageradamente.

— Não acho que ele faria isso — respondi, confiante. — Ele é um dos caras mais legais que eu conheço.

— Nunca duvide da habilidade de um homem de fazer você perder completamente as esperanças na humanidade. — Ariel deu uma piscadinha, bebericando sua cerveja.

Sorri e dei de ombros.

— Cadê o Bruno? Se ele já resolveu ir para algum canto com alguém, eu vou fazer a empata-foda. Ele me encheu o saco pra vir! — reclamei, procurando o meu amigo na multidão.

Ariel gargalhou e respondeu:

— Não sei do Bruno, mas sei que o John tá incrivelmente gos-to-so ali no canto, ó. — Olhei para onde minha amiga apontava. Minhas pernas ficaram ligeiramente bambas. Eu não entendia a reação que a presença daquele cara causava em mim. Fala sério, a gente mal se conhecia! Quero dizer... De certa forma, a gente até que se conhecia muito bem. — É surpreendente que ele ainda esteja sozinho na festa. Ouvi dizer que a Beca espalhou por aí que ele beija muito bem. Mas disso você já sabe, né?

Bufei e revirei os olhos, ligeiramente irritada com essas indiretas/diretas da Ariel. Mas tinha que concordar com ela... John estava bonito demais. Eu não sabia exatamente o que me chamava mais atenção nele, se era o braço tatuado, o estilo alternativo, o cabelo um pouco acima dos ombros ou aquele ar amigável e sério ao mesmo tempo. Ele parecia o vocalista de uma banda de rock britânica perdido ali. E precisava mesmo vir todo de preto com a camisa médio-aberta, revelando que a tatuagem do braço na verdade começava no peito? Desnecessário. Meu coração acelerou só de pensar naqueles braços em volta do meu corpo de novo. E tudo que eu lembrava daquela noite era o rosto e as tatuagens dele. Foi tão rápido que nem ao menos nos apresentamos, meu Deus! Bebida alcoólica e coração partido não combinam, isso é um fato.

— Pelo jeito você não só achou ele, como também já o pediu em casamento telepaticamente, né, querida?! Aproveita que está concentrada na pista e procura a Anna pra mim, ela foi cumprimentar a DJ, que é uma amiga.

Dei uma olhada rápida pela galera que dançava discretamente ao som de "BOOMBAYAH", de Blackpink.

— A-HÁ! Ela tá lá na porta do banheiro. — Apontei, dando um último gole na minha bebida.

— Olhos de lince, pra não dizer outra coisa... — disse ela, indo até Anna.

Pedi outra caipira, já que a primeira tinha acabado mais rápido do que eu esperava. Desde o meu primeiro porre, no ano passado, procuro não passar de quatro ou cinco drinques. O objetivo é beber o suficiente para socializar sem começar a discutir política. E sem julgamentos para o fatídico porre, afinal quem nunca? Peguei meu copo e aproveitei que "Sorry Not Sorry", da Demi Lovato, começou para entrar na pista. Se tem uma coisa que eu amo é dançar. Sozinha, acompanhada, tanto faz. Mas confesso que sozinha é mais legal, finjo que não existe mais ninguém no lugar.

— MEU AMOR, VOCÊ VEIOOOO! E tá gata demais! — Bruno me encontrou dançando na multidão e suas palavras saíram enroladas.

— Alguém já deve ter participado do *beer pong*, acertei?

— Acertou. Não só uma, mas três vezes!

Eu conhecia aquela voz e tinha certeza de que não era a do Bruno. Não faço ideia de onde ele surgiu, mas John brotou atrás de mim com uma cerveja na mão e o sorriso torto estampado no rosto. Ele se aproximou tanto para que eu o escutasse que senti a respiração no meu ouvido.

— Não me entrega, bro! — reclamou Bruno. — Falando em bebida, vou pegar mais uma e já volto. Me espereeeeeem!

Foi para o bar, e o silêncio que se instaurou entre mim e John foi desconfortável, me deixando nervosa. Quando ele deu um gole na cerveja, segurei o canudo do meu drinque, misturei um pouco e bebi também. Ele se aproximou e quebrou o silêncio:

— O pessoal aqui bebe bem mais do que no Canadá, é diferente. E olha que lá bebem muito, mas logo passam mal. Aqui todo mundo parece mais resistente.

Fiquei hipnotizada por meio segundo. Sério mesmo que ele conversaria numa boa comigo, como se nada tivesse acontecido? Impossível. Ele não se lembrava, não restavam dúvidas.

— Já fui uma "jovem canadense" — fiz sinal de aspas com os dedos — ano passado. Espero que tenha sido a primeira e última vez, amém — disse, fazendo o sinal da cruz.

— Nunca é — ele brincou. — Quer dizer então que você enfiou o pé na jaca?

— Uhum. Fui bem na onda do meu ex-namorado, mas não isento a minha culpa. Bebi porque quis. Coisa de dar o primeiro gole e se achar forte.

Estremeci só de lembrar que fomos parar no hospital para tomar glicose na veia. Não me orgulho disso e prometi nunca mais beber daquele jeito. Um dia para se esquecer, digamos assim.

— Ah, de boa. Quase todo mundo passa por isso algum dia. — Deu outro gole na cerveja, despretensiosamente. — Já marquei presença em uns três ou quatro. A cada minuto ficávamos mais próximos; o pessoal começou a dançar, ocupando mais a pista, e fomos sendo empurrados um na direção do outro, facilitando a conversa em meio à música alta.

Eu estava pronta para responder que ele estava parecendo ser bem resistente ao álcool, mas fui interrompida por Leo, podre de bêbado, se metendo entre nós, olhando John de cima a baixo e virando-se para mim. *Hoje não, Satanás* foi a única coisa em que eu consegui pensar, mesmo sabendo que aquilo era totalmente previsível, desde o exato segundo que aceitei vir à festa.

— Você tá linda. — Seria uma frase fofa se não viesse acompanhada do bafo de cachaça. Fiquei sem reação e apenas dei um sorriso sem graça. — Me liga amanhã, vamos sair. Nada é tão ruim quando temos amor pra resolver, nenê. — Deu uma piscadinha.

Eu quis vomitar com aquela tentativa de flerte de quinta categoria. Pelo menos acabou com todas as possíveis chances de uma recaída.

— Leo, na boa... Vai pra casa. Você tá *trêbado* e não quero ficar voltando a esse assunto. Somos amigos e nada mais — falei, com calma, colocando a mão no ombro dele e o afastando devagar.

Ele tomou fôlego, pronto para contra-argumentar, mas John se aproximou do meu ouvido novamente, e eu congelei.

— Quer ajuda? — perguntou com aquele sotaque rouco que me dava arrepios.

— Que isso, parceiro? Não percebeu que eu tô falando com ela? — disse Leo, grosseiro.

— Leo, não vou pedir de novo pra você ir embora. Se for pra falar sempre as mesmas coisas, não precisa mais conversar comigo. Se você não sabe ser apenas meu amigo, vamos deixar o passado no passado e seguir nossas vidas. — O pior é que eu realmente estava preocupada com ele.

— De boa, de boa. Só amigos, nenê... Quero dizer, Lola. Apenas amigos.

Ele se afastou, batendo continência para o John, e eu revirei os olhos.

— Ai, foi mal pelo showzinho. Por isso eu não queria vir hoje, pra não ter que dar de cara com meu ex, bêbado, falando um monte de besteiras. — Dei um gole na minha bebida, que já estava quase sem gelo.

— Você não parece o tipo de garota que se envolveria com ele — retrucou John, se aproximando para que eu pudesse ouvi-lo melhor e me pegando de surpresa.

Franzi a testa. Estava começando a achar que ele era um ator contratado e que eu estava sendo vítima de uma pegadinha.

— Que *tipo de garota* eu pareço? — perguntei, ironizando o comentário dele, que soava machista e antiquado.

— O QUÊ? — retrucou ele, aos berros, se aproximando mais para ouvir melhor.

— QUE TIPO DE GAROTA EU PAREÇO?

Ele apontou para um canto um pouco mais longe das caixas de som. Segurou minha mão e me levou para lá. Tentei reprimir qualquer possível arrepio quando nos tocamos.

— E aí, vai me responder? — insisti, assim que chegamos no canto.

Ele levantou a sobrancelha e deu o sorriso torto.

— Do tipo que tem um talento do caralho e não desperdiçaria tempo com um homem que, em vez de enaltecer, coloca pra baixo. — E deu de ombros, calmo.

Engoli em seco.

— Ele não me coloca pra baixo. De onde você tirou isso?

— Não preciso ler o jornal da escola pra saber por alto o motivo do término. Não que eu estivesse interessado, mas o Bruno não é muito fã dele. E o seu amigo é um cara legal que se dá bem com todo mundo, não detestaria o cara à toa.

— Que eu saiba o Bruno detesta o Leo por outros motivos, e a gente não deveria estar falando sobre o meu ex. Não tenho vontade nenhuma de continuar esse papo. — Comecei a me sentir incomodada. John e eu nem éramos amigos, por que ele estava insistindo naquele assunto? — Prefiro saber de onde você tirou que eu tenho um "talento do caralho"? — Encarei-o e tomei o último gole da minha caipira, tentando não demonstrar que, se ele estivesse se referindo a minha performance romântica daquela noite, eu provavelmente cuspiria toda a bebida na cara dele.

— Ué, você canta muito! Vi seu cover de "Already Gone", que é uma música tão boa quanto a sua voz. Fiquei surpreso de você ainda não ter um canal no YouTube, estar no The Voice ou sei lá. — Dessa vez, seu sorriso era sincero.

Ele não teve vergonha de confessar que assistiu aos meus vídeos, isso me impressionou. Ao que tudo indicava, era uma pessoa sem joguinhos. O que me levou a ter certeza de que ele realmente não se lembrava da noite que ficamos. Eu queria não ter tanta certeza de que ele não ERA o cara daquela noite louca de pegação intensa, mas aquele maxilar definido ficou na minha memória. E, claro, as tatuagens também.

— Er... Obrigada. Minhas amigas sempre me enchem o saco para criar um canal no YouTube, mas o coral do colégio já me toma muito tempo.

— Deveria criar mesmo, tô falando sério. Sua voz é meio rouca, como uma cantora de jazz, e a pronúncia estava perfeita. Você fez aula de inglês, né? — Semicerrou os olhos, desconfiado.

— Fiz. Além de estudar no colégio, minha mãe me matriculou num curso de inglês e espanhol. Me formei nos dois idiomas — contei, tomando o resto do drinque, o canudo chegando a fazer barulho até ter certeza de que não restava nem uma gota no copo.

— Vou pegar outra cerveja. Quer mais uma? — Apontou para o meu copo.

Concordei, e ele foi ao bar. Comecei a dizer para mim mesma que precisaria contar a ele, em algum momento, que eu era a garota do Pub83. Mas me faltava a coragem. *Obrigada pela bebida. A propósito a gente já transou, sabia?* Não parecia uma boa abordagem. Talvez eu ainda estivesse sóbria demais para ter essa conversa. Quando a gente sente que precisa de bebida para fazer algo, certamente não é uma boa ideia. Olhei para o lado e, como quem acorda de um transe, percebi que a pista estava bem mais vazia. Me perguntei quanto tempo tinha passado desde que John e eu resolvemos bater papo no meio da festa. Olhei para a DJ e reparei que Beca, da sala do Bruno, me encarava sem nem ao menos disfarçar. Até olhei para os lados para ver se poderia ser para mais alguém, mas era comigo mesmo. Acenei e ela deu um sorriso amarelo, desviando o olhar. Eu, hein. Quando eu estava prestes a criar uma teoria paranoica sobre o acontecimento, John voltou com as bebidas.

— Sua amiga Ariel me disse que o Bruno estava vomitando no banheiro e o Vini e a Mel o levaram embora. "Fala pra essa diaba que eu tô com a Anna, pede pra ela mandar mensagem quando quiser ir" foi o recado que ela mandou. — Gargalhamos juntos enquanto ele me entregava o copo.

— Sobre o Bruno, nem me surpreendo. A sorte da vida desse garoto é que ele não tem ressaca. Amanhã ele acorda como se tivesse bebido meio copo de cerveja e só. E que bom que você conheceu a Ariel, ela é mesmo um amor de pessoa! — falei, revirando os olhos.

O celular do John vibrou, ele olhou a notificação e guardou o aparelho no bolso depressa.

— Suponho que seja a operadora oferecendo promoção — brinquei, e na mesma hora percebi que não teria falado isso se estivesse sóbria. Aquele seria o último copo, com certeza.

— Não é só você que tem um ex insistente. — Ele deu uma piscadinha e colocou uma mecha do meu cabelo para trás da orelha.

Achei a atitude tão inesperada que quase levantei o braço na defensiva, mas parei a tempo, quando a luz refletiu nos olhos dele. Até então eu não tinha reparado que eram verde-escuros. Mordi o lábio inferior e acordei do transe.

— Imagino. Ela é daqui, pelo menos?

— É sim, de São Paulo. Eu a conheci num evento e acabamos nos envolvendo, mas durou bem pouco. Ela não se adaptou a um relacionamento a distância, rolava muito ciúme e sinto que estou falando demais sobre isso.

Dei uma gargalhada. Se ele não tivesse parado, eu jamais interromperia. Por algum motivo, esse garoto conseguia transformar toda conversa em algo interessante. Por que não dei mais papo pra ele na fatídica noite?

— Primeiro, você não está falando demais. Segundo, acho que, no fundo, quando rola algo muito legal e verdadeiro, demoramos a desencanar da pessoa por medo de nunca mais voltar a viver algo tão legal e verdadeiro. — Dei de ombros.

— Talvez sim... — Deu um gole na cerveja. — A conversa ficou meio séria do nada.

— Pois é, deve ser o efeito do álcool. — Ergui o copo, em um brinde.

Ele ficou me encarando por alguns segundos a mais do que o normal.

— Quer conversar lá no deque? Sinto que nosso papo está tão bom que a qualquer momento alguém vai chegar querendo participar também.

Pensei em alguma desculpa para recusar o convite, acho que foi uma autodefesa, uma armadura que eu queria erguer ou sei lá o quê. Mas nada vencia aquele sorriso torto dele e a minha insistente vontade de saber se ele se lembrava de mim ou não. A essa altura eu só estava usando aquilo como pretexto para passar mais tempo com ele.

— Vamos. Tem uma vista legal lá. — Lembrei que as duas vezes em que fui ao deque eu estava com o Leo, porque queríamos um tempo... Digamos, a sós.

Torci para que o lugar não estivesse impregnado de lembranças do meu ex. E que eu pudesse criar novas memórias.

Quando subimos os dois lances de escada, o espaço já estava quase vazio. Um casal dava uns amassos intensos em um sofá no canto esquerdo, uma garota acendia um cigarro perto da sacada e outro cara terminava de fumar o dele e logo em seguida foi embora. Eu não esperava que estivesse ventando tanto e, como sempre, tinha esquecido meu casaco no carro da Anna. As chances de encontrar ela e Ariel ali por acaso eram nulas, então dei um gole na minha caipira esperando que o vinho da bebida me deixasse mais confortável nesse clima louco. Vinho sempre me deixava com um calor surreal. John estava com uma das mãos no bolso do jeans e a outra segurando a cerveja, e foi até a beira da sacada. Fui junto e me apoiei no deque para olhar a vista.

— Curitiba é uma cidade iluminada — disse ele.

— Não tem nada mais lindo do que uma cidade à noite. As estrelas em harmonia com as luzes dos postes e prédios, o silêncio atípico… Eu amo a noite, principalmente a madrugada — confessei, olhando para os postes que iluminavam as ruas.

Percebi que ele deu um gole exagerado na cerveja.

— Lá em Vancouver esses momentos são raros. É uma cidade muito legal, mas quase nunca dorme. Não que o pessoal fique até altas horas na rua, mas aqui é muito mais silencioso nesse horário. E assim como você, eu também valorizo muito as madrugadas. É um momento de paz, não sei como explicar.

— Nem precisa. Eu entendi. — Suspirei, e ficamos encarando as ruas pouco movimentadas por mais algum tempo.

— Você é interessante — disse ele, baixinho, como se eu estivesse preparada para ouvir aquilo. Eu me virei para ele.

— Obrigada? — falei, ainda confusa. — Você também é.

Deu outro gole na cerveja, que estava quase acabando, virou-se para mim e, sem mais nem menos, ergueu meu queixo com o dedo e me deu um beijo. Na mesma hora, senti que meu coração poderia facilmente ser ouvido, fiquei eufórica. Não sei se era nervosismo, desejo reprimido, tesão ou tudo junto. Também não consegui pensar em fazer mais nada além de corresponder ao beijo. Era praticamente impossível raciocinar naquele momento. Eu o abracei, tomando o cuidado de não derramar bebida nele, e acariciei seu cabelo. O beijo esquentou, e ele me apertou mais, passando o braço por minha cintura. Esqueci totalmente do frio. Na verdade, mais alguns instantes e eu começaria a suar. John puxou delicadamente minha cintura, mais uma vez apertando seu corpo contra o meu, e deu uma mordidinha no meu lábio, seguida de selinhos. Quando abri os olhos, tive a sensação de que a luz da noite iluminava somente aqueles olhos verdes. Ficamos alguns segundos parados e agarrados, apenas nos encarando. Estávamos ofegantes, mas não era para menos.

— Você é realmente interessante — disse ele, ajeitando o cabelo.

Fiquei com muita vergonha.

— Você ainda não viu nada — provoquei.

Eu sei que dificilmente faria isso sóbria, mas a vontade de saber até onde iria essa pose de conquistador era maior do que as regras da moral e dos bons costumes. E era minha última tentativa, será que enfim ele falaria algo sobre aquela noite? John ergueu as sobrancelhas, arregalou os olhos, surpreso, e em seguida sorriu, sem jeito. Bingo. Era esse John que ainda não tinha aparecido. E eu esperava que continuasse escondido, por que não estava nos meus planos me apaixonar tão cedo. Principalmente por alguém com data marcada para ir embora. Não, obrigada.

— Acho que já vou. Vou mandar mensagem pras meninas para saber onde elas se enfiaram. — Peguei o celular.

Eita, quase três da manhã já.

— Quer dividir um táxi? — perguntou.

Continuei mexendo no celular, pensando no que fazer. Se fosse com ele, com toda a certeza a noite acabaria em sexo. Se não fosse, poderia ficar pensando nisso para sempre. Em como teria sido. Mas alguns minutos atrás eu estava justamente pensando que não queria me envolver com alguém naquele momento. Jesus, tinha acabado de terminar com o Leo! Apesar de não amá-lo mais como antes, ainda restava algum sentimento a ser superado. Será que o John queria se divertir sem compromisso? Porque seria o melhor para nós dois. Mas, se ele quisesse algo mais, era melhor continuarmos amiguinhos... que se beijam às vezes, quando bêbados. Meu Deus, uma simples pergunta dele já bastava para eu repensar toda a minha vida.

— Acho melhor não. Anna e Ariel devem estar me esperando.

Torci para que ele não tivesse notado que, na verdade, eu queria aceitar o convite. E que não tivesse conseguido ver a resposta de Ariel dizendo que havia se arrumado com a Anna e sugerindo que eu arranjasse uma carona. Respondi que tudo bem e desejei boa sorte para ela. E, mentalmente, para mim também. Fiquei desesperada para arrumar um jeito de ir embora, ainda olhando para a mensagem da minha amiga. Resolvi mandar uma mensagem para minha mãe, perguntando se ela estava acordada e disposta a me buscar.

— Tá tudo bem? — perguntou John, desconfiado.

Minha mãe respondeu que sim, e senti um misto de alívio e tristeza.

— Sim. É que minha mãe está aqui por perto e acabou de mandar uma mensagem. Coincidência, não?! — menti, nervosa. — Vou com ela. Você vai descer agora ou vai ficar por aqui admirando o silêncio da cidade um pouco mais?

— Vou daqui a pouco — falou, me dando o celular. — Pode salvar seu número?

Olhei para o aparelho e não hesitei. Na boa, qual era a dele? Amanhã, quando eu estivesse sem álcool no organismo, provavelmente iria me arrepender disso. Entreguei o celular para ele e aproveitei para jogar meu copo no lixo antes de me despedir, notando que minha mãe havia acabado de chegar. Da sacada dava para ver a frente da NeonMix, e o nosso carro vermelho era um tanto quanto chamativo. Agradeci mentalmente por morar tão perto dali, pois dona Lisa chegou em menos de cinco minutos.

— Hum, vou lá. Minha mãe chegou.

Mordi o lábio, e ele olhou da minha boca até meus olhos.

— Até segunda. — Me deu um beijo na bochecha.

Certo, eu estava muito confusa! Dei um tchauzinho tímido e fui embora quase correndo. Não faço ideia de como as coisas seriam dali para a frente, mas só de pensar nisso eu já ficava preocupada. *Não se envolva tão rapidamente, Lola. Não. Se. Envolva.* Meus próprios conselhos foram para o espaço quando eu estava quase na calçada e ouvi um "psiu". A príncipo olhei para os lados, mas claro que o que eu estava procurando não estava ali. Olhei para cima. E lá estava John.

— Seu cabelo ficou melhor assim — disse, dando um gole da cerveja.

Ca-ra-lho. Eu devo ter ficado uns trinta segundos olhando para o alto, parecendo um zumbi esperando alguém acertar uma marreta na minha cabeça. Ele lembrava! John não tocou no assunto a noite inteira, mas se lembrava da noite em que nos "conhecemos". Senti um frio na barriga e tudo que consegui fazer foi esboçar um sorrisinho e correr para o carro, pois minha mãe já estava buzinando. Precisei contar com uma força sobrenatural para não voltar a olhar para ele antes de ir embora.

Ele lembrava!

Merda, ele lembrava!

03

SALUTE

Little Mix

◀◀ ◀ ‖ ▶ ▶▶

Acordei com o celular apitando loucamente e uma leve dor de cabeça para me acompanhar durante o domingo. A noite anterior voltou em flashes à minha cabeça e a dor aumentou um pouquinho quando me lembrei daquele maldito sorriso torto. Eu já estava sóbria e ainda não tinha me arrependido de nada, infelizmente. Gostei bem mais que deveria, na verdade. Fui ver minhas mensagens e o grupo das meninas já estava bombando àquela hora da... Manhã? Que horas eram?

[11:02] Ariel: BOM DIA

[11:02] Ariel: MELISSA, LOLA. Explicações.

[11:04] Mel: Bom dia? Ainda é madrugada, Ari! Me poupe!

[11:04] Anna: ela me acordou gritando que hoje tem que ter noite das meninas. eu te entendo, Mel.

[11:22] Ariel: Também fiz o café da manhã. Vem pra cozinha que vai esfriar! Cadê a Lola? Vou ligar pra demônia.

[11:23] Lola: NÃAAAAAO, NÃO ME LIGA

[11:23] Anna: apareceu a margarida

[11:24] Mel: Lola ficou a festa inteira de papo com o John. O Vini disse que ia contar pro Bruno KKKKKK

[11:24] Lola: E você, querida? Deu o maior perdido e foi correndo pros braços do seu ex-atual-futuro casinho. Não vem com essa não!

[11:25] Ariel: Eu quero saber é de AÇÃO. Quem pegou quem?

[11:27] Ariel: Não finjam que não leram, andem logo

[11:27] Mel: Não ficamos. Foi quase, mas... Sei lá. Ele ficou se esquivando e eu que não tomei a iniciativa.

[11:28] Lola: Por quê? Vocês se conhecem faz 84 anos, fala sério

[11:28] Mel: Porque Deus me livre levar um fora. Foram meses tentando recuperar a confiança dele, tentando deixar as coisas mais leves entre a gente… Tentando voltar ao que era, mesmo sabendo que isso é praticamente impossível.

[11:29] Anna: ele te ama, fala sério. do contrário, já estaria de saco cheio e partiria pra outra.

[11:30] Mel: Não sei. Mas E VOCÊ, LOLA?

[11:30] Lola: Nos beijamos. Nada de mais.

[11:30] Ariel: CHO-CA-DA. 100% de aproveitamento nessa relação internacional, é isso mesmo?

Gargalhei, tentando não criar expectativas nem ficar muito animada.

[11:30] Lola: Cara, não foi nada de mais mesmo. A gente conversou bastante, acabou rolando o beijo e foi isso. E, ah, ele lembra. Maldito.

[11:31] Anna: HAHAHAHA que estranho, gente. eu não saberia como agir.

[11:32] Mel: Noite das meninas aqui em casa hoje, não quero nem saber. Preciso ouvir pessoalmente essa história.

[11:33] Lola: Ok!

Desci a escada ainda meio cambaleante e me sentei à mesa com minha mãe e Nina. Quando me viram as duas soltaram um "Bom-dia" ao mesmo tempo. Respondi, alegre, preparando o meu prato para almoçar com elas. Se tem uma coisa que minha mãe prezava, essa coisa se chama refeição à mesa. Ela sempre me contou que os meus avós a ensinaram que toda refeição pode vir a ser a única oportunidade do dia de uma família conversar, pois com o passar dos anos, cada vez mais compromissos surgem, nos obrigando a comer na correria. E confesso que gostava muito da nossa tradição, geralmente consistia em um momento único que nos mostrava como éramos unidas.

— Como foi ontem, filha? Muita gente? Bebeu demais? — perguntou minha mãe, ajudando a Nina a cortar o bife.

— Foi legal. Acabamos chegando no meio, porque a festa começava à tarde, mas deu pra aproveitar. E beber consideravelmente bem. — Sorri, sem jeito.

— Quando eu estava chegando, vi o seu ex, Leo, saindo de lá carregado pelos amigos, completamente embriagado, mas acenou para mim. Pelo menos ele foi de carona.

— Ele falou comigo lá, mas foi ridículo. Podre de bêbado e fazendo ceninha de ciúme por causa de um cara com quem eu estava conversando. Aliás, lembra aquela festa que fui mês passado e te contei do rapaz e tal? — Ela fez que sim, e Nina deu uma risadinha. — Então, esse mesmo. O nome dele é John, é intercambista. Acredita que o dito-cujo ainda está na minha sala e, para completar, é amigo do Bruno? Devo ter jogado pedra na cruz, ou melhor, chiclete também.

— Mas isso é ótimo! Quero dizer... já te disse que

achei irresponsável a "apresentação", cof cof, de vocês. Mas se ele é um cara legal, qual o problema?

— Porque não estou aberta a nenhum relacionamento amoroso, mãe. Ainda gosto muito, muito, muito do Leo. Sei que não deveria, mas, ao mesmo tempo que me trouxe alívio, o término também me deixou mal. Sinto falta da companhia e do lado divertido que só eu conhecia. Por mais que eu ache o John um gato, legal e tudo mais, o Leo ainda é uma ferida aberta, meu primeiro amor. E eu tô focada em praticar canto pra seguir carreira, não quero gastar minhas energias com romance, nem estou preparada pra isso. Mas se for só carnal... — Deixei no ar, com um sorrisinho no rosto.

Minha mãe semicerrou os olhos.

— Carnal é de carne que nem o bife? — perguntou Nina, curiosa.

Gargalhei, e dona Lisa engasgou.

— Nina! Lola! Não tem nada carnal por aqui. Você vai estudar primeiro e se dedicar ao seu futuro, depois terá tempo para pensar nessas coisas... hum, coisas de bife! — exclamou ela, me fazendo gargalhar mais.

— Só sei que bife com batata frita é a minha comida preferida! — acrescentou Nina, querendo participar da conversa.

— Você está certíssima, pequena. — Pisquei para ela, levantando para colocar a minha louça na máquina de lavar. — Vou subir e tomar um banho, mais tarde vai rolar noite das meninas na casa da Mel, ok? Provavelmente vamos dormir por lá — avisei, recolhendo os pratos da mesa.

— Certo. Por aqui só vai ter filme e pipoca mesmo.

— EEEEEEEE! — comemorou Nina.

Subi a escada rapidamente e, quando entrei no quarto, peguei o celular na escrivaninha e chequei se tinha algo novo. No grupo das meninas, elas só estavam combinando o que comeríamos mais tarde; no da família, minha tia tinha mandado três fotos de bebês desejando um bom domingo e meu tio-avô respondeu alguma coisa para a Estela, sendo que não havia nenhuma Estela na família e já era a quarta ou quinta vez que ele errava o grupo. Como não amar, não é mesmo?! Prendi o cabelo, separei um vestido e um par de tênis para colocar depois do banho, e pus minha playlists pra tocar. Cantar no banho estava no meu top 3 de melhores sensações do mundo. Era impressionante como a música tinha a capacidade de melhorar o meu dia, mexer com meu humor e me deixar mais leve. Enquanto eu me ensaboava ao som de "Shout Out To My Ex", me lembrei da noite anterior, de quando dei meu número para o John. Duvidava de que ele fosse me ligar ou mandar mensagem, só pediu para fazer tipo e quebrar a tensão pós-beijo. Não que eu estivesse pensando em dar papo pra ele. Mas, se nos tornássemos amigos, talvez eu parasse de sentir esse frio na barriga e confundir meus sentimentos.

Saí do banho e fiz meu ritual de hidratação da pele. O toque de mensagem interrompeu a música. Revirei os olhos. Sempre me esqueço de colocar o celular no silencioso quando estou ouvindo música, o que é um erro gravíssimo para uma aspirante a cantora. Chequei as notificações e arregalei os olhos ao ver que era uma mensagem dele. Será que era a força do pensamento? Cliquei sem pensar duas vezes.

[13:32] John: Queria ver se vc passou o numero certo mesmo (foi mal, nao tem acento no meu teclado, me da agonia escrever errado)

[13:33] Lola: Por que eu passaria o número errado? Não faz nem sentido. A gente estuda na mesma sala! LOL

[13:33] Lola: E é só você habilitar o teclado em português-br!

Sorri ao ajudá-lo, me pareceu tão óbvio o problema do teclado.

[13:33] John: Sei la, uma garota fez isso comigo quando cheguei aqui. Pensei que poderia ser tipo um codigo das brasileiras haha

[13:34] Lola: HAHAHAHA Traumatizado, coitado...

[13:34] John: ;)

Olhei para aquela última mensagem, pensando na resposta ideal. Mas concluí que não tinha o que responder, então não respondi nada. Eu ficava meio travada quando estava lidando com ele, porque parecia que nos conhecíamos havia anos. Talvez fosse porque ele foi o primeiro cara com quem estive depois do Leo.

Sempre conversei abertamente sobre sexo com minha mãe. Na verdade, ela quem sempre fez questão de me educar e conscientizar sobre isso. Desde muito nova eu escutava sobre as consequências de transar sem camisinha, por exemplo, e, para ser sincera, nunca tive vontade de transar só por transar. Por mais surreal que fosse, senti uma conexão meio bizarra com o John. Óbvio que a bebida deu um empurrãozinho, mas eu estava consciente dos meus atos, lembro inclusive que ele perguntou se estava tudo bem logo depois de colocar a camisinha. Ele foi o terceiro cara com quem fiz sexo. Perdi a virgindade aos quinze anos, com meu primeiro ficante, e achava que ele seria o único. Iludida? Imagina! Logo depois veio o Leo, e, no começo, transar com ele era o paraíso, aliás namorar ele era o paraíso. A gente se completava muito, e no início todo mundo dizia isso, até o tal do ex-ficante! Mas o Leo foi mudando, e o relacionamento mudou junto, nossa dinâmica se transformou, esfriou. Foi ruim, mas me ensinou muito. O tempo que passei ao lado dele me rendeu muitas lembranças boas, sempre fomos muito parceiros, e tinha certeza de que ele pensava o mesmo. No início vem o choque, a abstinência, a solidão; mas logo Leo se ajeitaria, assim como eu também estava me ajeitando e voltando a conhecer a vida de outro jeito: sem ele.

Aproveitei uma hora do meu dia para exercitar as cordas vocais, seguindo as dicas valiosas do meu professor. Há dois anos, colei cinco post-its com as orientações dele na parede, acima da escrivaninha, para ler sempre e lembrar as aulas. Jamais conseguiria progredir sem a ajuda dele, e essas dicas foram úteis desde o primeiro dia de aula. Era muito grata pelo apoio e ficava feliz quando ele comentava nos vídeos dos meus covers.

Resolvi dar uma checada no canal do Ed, um YouTuber brasileiro ma-ra-vi-lho-so que começou postando de brincadeira versões de músicas conhecidas e já estava no seu segundo álbum, além de ter rodado todo o país fazendo shows. Era uma inspiração enorme para mim. Queria ter coragem de postar um vídeo assim, para todo mundo ver, e não só para os meus amigos. Mas morria de medo dos comentários. Podia parecer besteira, mas era difícil não se deixar afetar quando destilavam veneno sobre coisas que se ama fazer, tipo cantar e compor. É o que faz com que eu me sinta viva, e não sei se saberia lidar com críticas e deboche. As pessoas já são maldosas naturalmente, mas na internet, atrás de um monitor, elas parecem fazer questão disso; aproveitam o anonimato para criar coragem de acabar com a felicidade de qualquer um.

Suspirei, resignada, e acabei de me arrumar. Talvez esse sentimento todo de ansiedade pudesse me ajudar a finalizar uma letra na qual eu vinha trabalhando desde o meu término com o Leo. Mas, antes, eu precisava colocar a cabeça no lugar, e nada melhor do que uma noite entre amigas para ajudar.

* * *

— Pensei que você não fosse chegar nunca. As outras bonitas vieram até pro almoço, pensa numa cara de pau! — Mel me recebeu afoita, já pegando minha bolsa e pendurando no cabideiro ao lado da porta.

— Eu deveria ter trazido óleo de peroba para passar na cara delas, mas veio só o brigadeiro mesmo! — brinquei, e ouvi Ariel e Anna discutindo na cozinha sobre sabores de pizza.

— MENINAS, CALABRESA OU PORTUGUESA? QUAL É A MELHOR? — Não demorou muito para Ariel gritar de lá, perguntando como se fosse um caso de vida ou morte.

— Pizza é pizza, gente. É boa de qualquer jeito. — Mel deu de ombros.

Eu levantei o indicador e fiz cara de nojo.

— Ew, não! Banana com canela? Atum com CEBOLA? Só digo uma coisa: NADA A VER!

— Banana com canela é vida! Se tiver um sorvete de creme pra acompanhar, então... Delícia! — Mel fechou os olhos, e eu repensei toda a nossa amizade. Eca!

— Gente? Oi? Ninguém respondeu e eu preciso ganhar da Anna! — reclamou Ariel, chegando na sala e se juntando a nós no sofá.

— Calabresa — falei.

— Portuguesa. — Mel deu de ombros.

— A-HÁ! Empatou, meu amorzinho. — Anna mostrou a língua para Ariel.

— Não tenho mais amigas, minha namorada fez lavagem cerebral nelas! — Ariel fez drama e gargalhamos.

Tirei os tênis e coloquei pantufas, dei uma rápida olhada no que estava passando na TV e acabei deixando num especial do Ed Sheeran, já que as meninas queriam comer antes de ver filme.

— Lola, conta tudo! Como foi? John disse que lembrava da tal noite e vocês se pegaram? VOCÊ FOI EMBORA COM ELE? — Ariel estava afoita e me encarava feito uma criança em frente a um pote de balas.

— Calma, garota! — Sorri, fazendo suspense. — A gente ficou conversando por algumas horas que bizarramente pareceram minutos, depois fomos para a sacada e até essa hora eu podia jurar que ele não se lembrava de nada. O filho da mãe me deixou ansiosa com isso até o último segundo! Quando eu estava indo embora COM A MINHA MÃE, ele fez "psiu" lá de cima e disse que meu cabelo tinha ficado melhor assim. — Observei as meninas de boca aberta, tão chocadas quanto eu. — Escroto. Palhaço. Maldito. Achei até que fosse dar para ouvir minha satisfação e meu alívio de tão grande que eram? Foi isso.

— Eu só queria saber por que ele esperou todo esse tempo pra falar. Queria te testar? — questionou Mel, intrigada.

Anna foi logo direta: falou que ele queria mais sexo e estava fazendo joguinhos para apimentar o momento, me deixando na vontade. Eu não podia discordar.

— Pior que tenho que confessar: ele é muito meu número, dá até agonia, porque parece que ele sabe disso.

— Mas qual é a desse pseudorrelacionamento de vocês? Porque você claramente está a fim dele e ele parece estar na mesma. E aí? E agora? — quis saber Anna.

— Amiga, se tem uma coisa que eu não quero de

jeito nenhum no momento é me relacionar com alguém. E acho que ele sabe disso, e talvez até esteja nessa vibe também. Ele mencionou uma ex de São Paulo e deu a entender que não gostava de se prender muito a ninguém, mas não sei. Ele é todo enigmático, não dá saber nada. Que ódio.

— Enigmático virou eufemismo pra "charmoso pra cacete"? — Mel ironizou, e eu a encarei com descrença.

— POR QUE VOCÊ NÃO FOI EMBORA COM ELE? — gritou Ariel da cozinha, ela tinha ido buscar refrigerante.

— Porque não! Ele ofereceu, mas isso acabaria em sexo e eu achei melhor ir pra casa. Não por falta de vontade, mas porque eu queria entender melhor qual é a dele. Aliás, Ari, quero matar você e a Anna por não terem vergonha na cara e me deixarem lá sozinha. Por muito pouco eu não resisti e fui embora com ele... — confessei, mexendo nas pontas do meu cabelo.

— Embora o caramba, você ia era se enfiar em algum canto com ele de novo! — Anna gargalhou.

Mel e Ariel riram também, e eu mostrei o dedo do meio para elas. Aproveitei o momento para checar as notificações do celular, que tinha apitado uns minutos antes.

[16:12] Bruno: EU NÃO ACREDITO QUE VOCÊ JÁ DEU O BOTE NO JOHN NA PRIMEIRA FESTA DELE AQUI

[16:12] Bruno: TE ODEIO

Ri alto. Bruno nunca usa caps lock, nem quando está empolgado com alguma coisa, então só fiquei imaginando o desespero dele. Será que John tinha contado só de ontem ou de tudo?

[16:30] Lola: =x

[16:30] Lola: Ele te contou, foi?

[16:31] Bruno: não, né. o cara é deveras reservado, só comentou que vocês conversaram pra caramba

[16:31] Bruno: eu sei porque o Heitor tá no grupo do time de futebol e falou sobre isso quando perguntaram se tinha alguma novidade

Engoli em seco. Primeiro: sério mesmo que grupos compostos majoritariamente de homens ficam perguntando sobre fofocas de festa? Segundo, Leo fazia parte do grupo. Interrompi desesperada a conversa das meninas, que discutiam quem era mais estilosa entre Kylie Jenner e Miley Cyrus, e mostrei as mensagens de Bruno, praticamente cuspindo as palavras.

— Cara, fodeu. Leo já sabe sobre o John. — Mel pegou o celular para ler e Anna revirou os olhos.

— O que isso muda? Amiga, faz favor! Parece até que vocês assinaram um contrato se comprometendo a não pegar mais ninguém do colégio. Fala sério! — comentou, indignada.

— Três meses já se passaram, Lola. Desencana dessa de achar que o Leo não pode te ver com ninguém, sendo que todo mundo sabe que ele já tá de rolo com aquela garota do segundo ano. A regra só vale pra você?

Foi a vez de Mel jogar um balde de água fria na minha cara. Elas estavam certas. A maneira que Leo encontrou de lidar com o fim do nosso namoro foi saindo quase todos os dias das férias, o que resultou nesse envolvimento dele com a Sofia. Parecia não ser nada sério, já que ele ainda ficava me mandando indiretas no Twitter e foi me falar aquelas coisas na festa de ontem, mas eu não sentia nada além de alívio e felicidade por ele estar seguindo em frente. Ou, pelo menos, tentando.

— Vocês têm razão. Talvez eu sinta isso porque ele sempre teve um ciuminho de tudo, tenho certeza de que não faria nada além de implicar com o John. — Sorri, sem graça.

— Ciuminho, Lolita? Ele é um otário! Cara, nunca vou me esquecer daquela vez na casa de praia do Bruno que ele fez um escândalo porque um cara falou alguma gracinha sobre seu biquíni. Eu quis levantar daquela cadeira e dar três tapas na cara dele! — lembrou Ariel, se referindo ao verão passado, gesticulando exageradamente enquanto falava.

Ri alto da indignação dela.

— É porque vocês não conheciam o mesmo Leo que eu, por isso têm esse ranço acumulado. Não gosto de pertencer a ninguém, essa ideia me assombra. Ele sabia e nunca reclamou disso em particular. E para de me chamar de Lolita, Ari! Credo! — Mostrei a língua. Odiava o apelido.

— Amiga, sendo sincera, não importa muito quem ele era contigo nessas circunstâncias. No começo era bacana mesmo ver vocês juntos, mas depois virou algo que incomodava todos os nossos amigos. O Leo podia ser um amor com você, e eu realmente acho que era, mas isso não dá a ele o direito de fazer um show daqueles, ainda mais na frente dos outros. Chegou a dizer que seu biquíni era pequeno demais pra uma menina que tinha namorado! — Pelo visto, Anna tinha resolvido falar tudo que estava guardado.

Ela quase nunca opinava sobre o Leo, ficava só assentindo enquanto Ariel dava o sermão. E por mais que eu custasse a admitir, elas tinham razão. Afinal, foi por essas atitudes se tornarem cada vez mais constantes que cheguei ao meu limite com ele.

— SERÁ QUE DÁ PRA GENTE ENCERRAR ESSE ASSUNTO DE HOMEM ESCROTO E

DECIDIR QUAL SERÁ O PRIMEIRO FILME? — gritou Melissa, do nada, e levamos um susto.

— Primeiro, conta do Vini — falei, abrindo um saco de amendoim. — Ainda não trocaram nenhum nude? — brinquei, sabendo que Mel era tímida demais e ficava nervosa só com a ideia de enviar fotos.

— Credo, eu mal tenho coragem de TIRAR foto seminua só pra mim, imagina mandar pra ele uma foto pelada? Pensei que vocês se esqueceriam de perguntar, aff... — Mel revirou os olhos. — Mas, falando sério, não teve nada de mais. Ele disse que no verão o meu cabelo parece fogo quando bate o sol, eu desconversei porque fiquei tímida, e ele falou aleatoriedades da família. Contou um pouco sobre as férias, disse que a empresa do pai dele estava indo muito bem e que achou as minhas fotos no Nordeste lindas. Achou lindas, mas não curtiu nenhuma no Instagram. Risos. — Ironizou, tirando o pacote das minhas mãos e enchendo a boca de amendoim para não ter que falar mais nada.

— Pff, o que isso muda? Foi ainda melhor, ele te falou tudo pessoalmente em vez de ficar só nas curtidinhas virtuais chaaaatas. — Dei um empurrãozinho em Mel com o ombro.

— Chatas só se não forem do John, né, querida? — Anna me encarou, esperando que eu caísse na pilha.

Semicerrei os olhos e, antes que eu pudesse responder, Ariel se meteu.

— Cacete, vocês falaram em nude e lembrei que nunca mais mandei nenhuma. Depois que começamos a namorar, não rolou mais nada, né, amor? — comentou, virando-se para Anna.

— Verdade. Deve ser normal, estamos sempre juntas e namoramos há um tempo, né?!

— Ah, depende! — Me meti na conversa. — Eu e Leo trocávamos mesmo namorando.

— Mas você não conta, porque você tem fogo no rabo. Olha, eu gosto de pegação e tal, mas a Lola... — brincou Mel, e todas morreram de rir.

— Vamos começar por "Mulher Maravilha", então? — Ignorei a provocação, e elas gargalharam mais.

A melhor parte de encontrar com aquelas três malucas era que nosso papo fluía tão magicamente bem que, quando víamos, horas já tinham se passado. Pessoas assim são difíceis de encontrar, principalmente nessa era virtual que faz tudo parecer superficial demais. Eu, Ariel e Melissa nos conhecíamos havia quase cinco anos, e Anna foi automaticamente adicionada na patota quando elas começaram a namorar, dois anos antes. Desde então, nada havia mudado em nossas reuniões casuais. E eu espero de verdade que nunca mude, que nossas raízes sempre nos tragam de volta uma para a outra. Muitas vezes, ser amigo é saber a hora de não falar nada e deixar o silêncio dizer tudo, e sempre soubemos dosar isso muito bem. Sabíamos o momento de falar, de ouvir, de apoiar e puxar a orelha. Confiava nelas de olhos fechados, nem ao menos conseguia imaginar a minha vida sem os conselhos da Ariel, os abraços da Anna e o ombro amigo — e sempre disponível — da Mel. Éramos muito sortudas.

04

I FEEL IT COMING

The Weeknd

Ouvir a voz do Alex Turner logo cedo era sinônimo de que eu precisava acordar. Me mexi e senti os músculos doerem. Meu Deus, por que parecia que um trator tinha passado por cima de mim? As primeiras semanas de aula foram no mínimo exaustivas. Três trabalhos já entregues, cinco por fazer, conteúdos infinitos para as provas e quase zero de vida social — de verdade, as únicas horas relaxantes eram as que eu passava no coral. As coisas estavam meio estranhas para todo mundo e eu percebia isso quando as únicas mensagens no grupo das meninas eram sobre escola e matéria das provas. O último momento de descontração que tive foi quando Bruno veio aqui em casa para mostrar as fotos da viagem para mim e para a Nina. Leo mal olhava na minha cara na escola e eu sabia que era — ainda — por causa do John. E falando no dito-cujo, eu continuava sem saber direito qual era a dele. Trocávamos mensagens, conversávamos um pouco na escola e era isso. Eu poderia dizer que ele estávamos a caminho do "apenas amigos", mas estaria ignorando o maldito efeito que ele causava em mim. Eu não tinha só uma quedinha por ele, era um abismo inteiro mesmo. Queria saber administrar melhor esse sentimento, mas eu também não estava apaixonada nem nada para ficar tão incomodada. E nem sabia se me apaixonaria assim tão fácil.

— Filha, hoje devo ficar até mais tarde no trabalho. Não se esquece de pegar a Nina depois do colégio, ok? — Minha mãe passou o café, deixando-o pronto para mim. — Falando nisso, cadê ela?

— Tudo bem. Está escovando os dentes e disse que ia arrumar o estojo. Toda organizadinha, não aguento isso. Fico sempre morrendo de orgulho.

Aproveitei para arrumar a lancheira da Nina enquanto tomava café. Já estávamos em cima da hora e um minuto que fosse era muito tempo, já que eu tinha prova logo no primeiro horário.

— Confiante para a prova de hoje? — Minha mãe fez questão de me lembrar.

— Uhum. É de gramática, sou boa nisso, você sabe. É só prestar atenção nas aulas e dar uma lida em casa que é só sucesso. — Pisquei para ela.

— Percebi. Ontem você deve ter cantado por umas três horas seguidas, nada de estudar. Aliás, quando sai esse canal do YouTube? Minhas amigas vivem querendo ver suas performances e dá um trabalhão mandar pelo zap. Agiliza logo isso, minha flor — disse ela, me dando um beijo na testa e indicando que esperaria no carro.

Até minha mãe estava nessa loucura de YouTube, gente? Fala sério.

* * *

No caminho para a escola, Nina segurava forte minha mão, o que me deixava feliz. Eu amava saber que passava segurança para ela.

— Mana, quando vamos de novo naquele parque grande e cheio de piscina?

Eu olhei para ela e sorri.

— Nas férias! O tempo tá passando rapidinho e logo vamos ao parque aquático de novo. É legal, né?

— Muito. Quero ir naquele escorregador muito muito muito grande. O moço disse que eu não tinha a altura — ela fez uma expressão confusa —, mas agora já sou maior.

— Até voltarmos lá, você já vai ter crescido bastante e vai poder ir no escorregador! — falei, animada, tentando esconder o nó que se formava na minha garganta só de pensar na Nina crescendo.

Coisa de irmã mais velha.

Deixei Nina na sala e já de cara encontrei John no corredor. Ele me cumprimentou com um bom-dia e veio andando ao meu lado, sem dizer mais nenhuma palavra, mas senti o frio na barriga como se ele estivesse declamando um poema do Leminski, meu poeta favorito. Ugh, ia demorar muito para essa minha crush passar? Aliás, por que ele tinha que ir todo estiloso para a escola? Deus, ficava mais difícil perder o interesse assim. Ao chegarmos na sala, o diretor Armando estava em pé esperando todos se sentarem para dar um recado. Percebi que as três atentadas já estavam futricando entre si, provavelmente sobre mim e John, mas mal sabiam elas que até a Siri do iPhone conversava mais comigo do que ele. Cumprimentei as bonitas, que me encaravam, Ariel inclusive com a sobrancelha erguida, como se estivesse esperando uma explicação. Felizmente, o momento foi roubado pelo diretor, que resolveu falar.

— Bom dia, alunos! Hoje venho aqui dar um recado que pode ser triste para alguns, mas é o melhor a se fazer pela instituição.

Arregalei os olhos e parei tudo que estava fazendo para prestar atenção.

— A crise no país atingiu nossa escola também e isso fez com que tivéssemos que fazer urgentemente alguns cortes de custo. Eu me reuni com coordenadores e professores para tentarmos chegar a uma conclusão que não afetasse tanto a nossa história e relacionamento com nossos queridos alunos. Por fim, a direção do colégio juntamente com o corpo docente resolveu que as atividades extracurriculares de Coral e Técnico em Recursos Humanos serão suspensas sem previsão de retorno. Aos alunos que mantinham bolsa através dessas atividades, criaremos outras mais compatíveis com nosso orçamento. Peço desculpas por termos chegado a esse ponto, mas é necessário garantir o bem-estar dos alunos e professores...

O diretor continuou falando, mas parei de ouvir quando ele citou o coral. Então os boatos eram verdade. Cara... como assim? E agora? O coral era parte da minha vida. Eu cantava desde o terceiro ano do Ensino Fundamental, quando ainda morava em São Paulo. Quando entrei no coral de Curitiba fiz amigos, participei de apresentações natalinas sempre lotadas de gente, ganhamos diversos prêmios renomados e agora tudo isso ia acabar? O coral era uma atividade em que eu desopilava, exorcizava minhas angústias e medos. Onde eu faria isso a partir de agora? Aliás, que gastos absurdos são esses que o coral dava para o colégio? Desculpa esfarrapada para não assumirem que era mais fácil não investir em música! Que jeito péssimo de começar o dia. Eu estava me segurando para não chorar em plena sala de aula. E mal lembrava a última vez que chorei. Estava me sentindo totalmente sem rumo. Alguns minutos depois de anunciar o fim do coral, o diretor se despediu, e provavelmente só voltaria às salas para anunciar as férias. Esse papo de "garantir o bem-estar entre alunos e professores" parecia mais um blá-blá-blá de político.

— Lola, amiga, você tá bem? — Mel colocou as mãos no meu ombro, preocupada.

— Nops — respondi, balançando a cabeça.

— Que merda. Mas tenta olhar pelo lado positivo, por mais que agora pareça não ter nenhum, sempre tem. Eu acredito — afirmou Ariel.

Fiz um joinha para ela e agradeci, mas aquilo entrou por um ouvido e saiu por outro. Que lado positivo? Não tinha. Eu só queria ir embora e passar o resto do dia choramingando, revoltada, com o meu professor de canto, reclamando que ninguém investia em música e cultura nesse país.

— Na verdade, lembra que sexta-feira acaba a semana de provas e vamos comemorar na piscina do Bruno! Yay! — Anna se empolgou e me arrancou um sorriso.

— Pois é, o lado bom da semana é que ela também tem fim. E em grande estilo.

Mas, segundos depois, eu só conseguia pensar que o meu sonho de seguir carreira musical estava cada vez mais distante.

Biologia, Química e Matemática. As três últimas avaliações foram feitas, e eu tinha plena certeza de que minhas olheiras deveriam estar nas bochechas. Estudei tanto nos últimos sete dias que verdadeiramente só pensava na hora de ir para casa dormir, mas tínhamos marcado um churrasco à beira da piscina na casa do Bruno para comemorar o fim do inferno — mais conhecido como período de provas —, então obviamente eu apanharia das meninas se não fosse.

O plano era ir direto da escola, por isso eu já estava com o maiô por baixo da roupa, levando apenas uma toalha e a saída de praia na bolsa. Como minha mãe me ligou para avisar que Nina ia dormir na casa da Luíza, uma amiguinha dela, passei na sala da pequena apenas para dar um beijo e dizer que se comportasse. Sempre fico apreensiva e com medo das pessoas serem rudes e maldosas com minha irmã, mas, ao mesmo tempo, sei que ela precisa se enturmar cada vez mais e que as crianças não são tão preconceituosas quanto os adultos. Depois de me despedir dela, encontrei Ariel e Melissa no portão da escola, elas já estavam pensando no que iam beber. Anna precisava buscar o irmão no aeroporto e só chegaria mais tarde, então fomos só nós três para a casa do Bruno.

Ele nos recebeu aos berros, como sempre. Vini e Diego estavam na sala jogando videogame de bermuda, desesperados. Mas Vini arremessou o controle no sofá e se levantou correndo para nos cumprimentar, cof cof, principalmente a Mel. Acenei para Diego e fui com Bruno até o quintal, ele contando das viagens dos pais. O pai dele era diplomata e quase nunca parava num lugar. Quando Bruno fez 18 anos, sua mãe decidiu acompanhar o marido e deixaram a casa inteira e maravilhosa só para ele.

Chegando à piscina, quase caí nos degraus que ligavam o quintal à cozinha. Adivinha por quê?... Não imaginei que Bruno seria tão filho da mãe a ponto de convidar John e não me contar! Aliás, nas poucas vezes que conversei com o dito-cujo naquela semana, ele nem ao menos mencionou que viria aqui. Quando notou nossa presença, John se levantou para vir nos cumprimentar e... Putz. Ele estava sem camisa, de bermuda preta e óculos escuros. Caminhava com uma das mãos no bolso e a outra ajeitando o cabelo para trás. Eu nem precisava comentar sobre as tatuagens à mostra, certo? Ele era o tipo de cara que, com certeza, tinha noção da própria beleza e do próprio charme, e abusava disso.

Ariel me deu uma leve cutucada e eu só queria dizer "eu sei, amiga, eu sei!". Quando nos cumprimentou, senti o perfume maravilhoso dele e me lembrei da fatídica noite que passamos juntos. Do quadril dele tocando o meu e nos fazendo arfar de desejo. E aquele perfume. Era o mesmo do carro, do apartamento inteiro e do abraço dele também. *Deusa, afaste esses pensamentos de mim!* Ariel foi pegar cerveja e aproveitei para fazer meu drinque. Seria energético com vodca mesmo, já que ficar acordada me parecia um desafio dos grandes depois dessa semana caótica.

— Cara, que homem. Apenas isso. — Ariel suspirava enquanto abria a garrafa.

— Dá vontade de dar umas tamancadas na cara dele só pra ter algum defeitinho, coisa mínima que seja.

— Estou internamente chorando na linguagem bissexual.

— Bora pra piscina? Esse calorzinho atípico não vai embora tão cedo — chamou Bruno, e em seguida correu do balcão até a piscina, dando um mortal antes de cair na água.

Aplaudimos e assoviamos, enquanto John gritou a nota do salto.

— Me lembra de comprar um óleo de peroba pra passar na cara de pau da Mel? A atentada ficou lá dentro, fingindo que gosta de videogame só pra fazer companhia pro Vinícius. Essa garota não tem mais salvação, não, amiga — comentei com Ariel, que gargalhou.

— A próxima vai ser você, não fala muito, não — zombou ela, apontando para John, que estava deitado em uma espreguiçadeira pegando sol.

Dei de ombros e avisei que ia ao banheiro tirar a roupa do colégio e colocar a saída de praia. Estava de maiô preto cavado, um decote enorme nas costas e outro na frente, até o umbigo. Meus peitos eram proporcionais ao meu corpo, não muito grandes, então eu ficava confortável usando decotes bem ousados. Vesti o quimono também preto, um pouco abaixo do joelho e transparente, com franja nas mangas. Óculos de sol e protetor solar: ok. Bebida: ok. Saí do banheiro e dei de cara com Bruno temperando as carnes.

— Gata, gata, gata. Não é à toa que o John fica dando altas olhadas pra você — disse ele, assobiando.

— Obrigada, besta. Mas… que olhadas, meu filho?

Ele veio até mim antes de responder:

— As mesmas que você dá pra ele. — Deu uma piscadinha e entrou no banheiro antes que eu pudesse rebater o comentário. Maldito.

Peguei meu copo e voltei para o quintal. Obviamente Ariel já estava em uma boia de unicórnio e, quando me viu, gritou. Na boa, por que minha amiga tinha que ficar alterada na segunda cerveja? O que eu tinha feito para merecer aquele vexame? Devo ter ficado vermelha. Meus óculos disfarçavam, mas não passou despercebido ao olhar do John. Ele poderia estar olhando para outra coisa? Sim, mas eu duvidava. Afinal, estava gata! Humildade era bom, mas amor-próprio também, certo? E ele que olhasse mesmo, talvez assim sentiria um pouquinho do que eu sentia quando via aquele belo rosto. Não pensei duas vezes antes de tirar a saída de praia e entrar na piscina, já me acomodando numa espécie de banco submerso que tinha ali, como se fosse um barzinho dentro da água. Tinham três bancos altos que nos deixavam na altura da borda. Perfeito.

— Lola, agora que acabou o coral, você deveria investir logo no YouTube — murmurou John, abrindo uma lata de cerveja.

Antes que eu pudesse responder, Ariel imediatamente se debateu toda e esbravejou:

— CARAMBA, NÃO SOU SÓ EU E AS MENINAS QUE FALAMOS, VIU? Já passou da hora, pelo amor de Deus, para de perder tempo, garota.

— Gente, eu nunca saberia lidar com comentários maldosos. Esqueçam isso. Já pensei muito sobre o assunto, e essa exposição ainda é uma questão para mim.

— Isso vai ter sempre, não importa o que estiver fazendo. O único jeito de evitar crítica é não fazendo nada. E nem assim é garantido — respondeu John.

— Críticas são diferentes de ódio gratuito — retruquei, me sentindo nervosa com a aproximação dele.

— Isso é verdade, entendo, mas não acho que seja suficiente. Eu te conheço tem pouco tempo e já estou totalmente do lado dos seus amigos.

— Vem com a gente que é sucesso, John. Já cansamos de falar que a voz dela não merece ser desperdiçada só com coral do colégio. Aliás, um cover que ela postou no Face ano passado teve quase cem mil visualizações! — Ariel se empolgou com a cumplicidade de John. — Falando nisso, por que você excluiu? Burra! Hoje já estaria perto de um milhão, já que a música virou single.

— Leo. Ele não gostou dos comentários dos homens no vídeo, deu a maior briga, e eu preferi excluir para evitar estresse. Já tava no finzinho do namoro, eu fugia de briguinha boba.

— Que música era? — perguntou John, atento.

— "Car Radio", do Twenty One Pilots. Não sei se você conhece, mas é foda.

— *Fuck*, essa música é muito boa! Os caras tão fazendo o maior sucesso lá no Canadá, eu conheço, sim. E gosto bastante. — John parecia empolgado.

Meu coração sempre disparava quando alguém comentava que gostava das mesmas bandas que eu. E dessa vez disparou o dobro por esse alguém ser o John.

— Sim, eles são incríveis! Fui ao show ano passado e foi revigorante, sabe? Sou suspeita pra falar, porque qualquer show, pra mim, é o melhor lugar do mundo. O público cantando junto, chorando, dançando... emoções à flor da pele. Eu queria morar dentro de um show — falei, sonhando alto.

Ouvi Ariel suspirar ao tomar a cerveja. Ela estava toda esticada na boia, se bronzeando. Ou tentando.

— Entendo o sentimento. — Sorriu, ajeitando os cabelos. — Meus tios são bem ligados à música e eu convivi bastante com eles, o que resultou em vários shows na bagagem. — Ele deu um longo gole na cerveja.

— Tô com inveja, confesso. Já fui a alguns, mas, quando eu morava em São Paulo era mais fácil. As bandas esquecem um pouco do Sul do Brasil. — Fiz bico e ele me encarou por alguns segundos.

— Verdade. Lembro que quando você chegou, vivia reclamando de vários artistas ignorando Curitiba — disse Ariel —, mas depois de um tempo só aceitava a derrota mesmo. — Riu alto e eu revirei os olhos.

Pior que era verdade.

— Gente, alguém aqui confia mesmo no Bruno como churrasqueiro? Se preparem pra uma carne com textura de pneu. Não digam que não avisei! — exclamou Vinícius enquanto ele, Mel e Diego chegavam no quintal e se acomodavam nas cadeiras ao lado de John.

— Semana passada ele quase colocou fogo na casa fazendo miojo. MIOJO! — enfatizou Diego, e todo mundo riu.

— EU CONSIGO OUVIR VOCÊS. SÓ PRA DEIXAR CLARO! — gritou Bruno da janela, apontando para nós com dois espetos.

Eu quase não lembrava mais como era me divertir tanto. As últimas semanas tinham sido bem pesadas para todo mundo. Me confortava saber que meus amigos eram um tipo de refúgio para o qual eu poderia sempre correr; sabia que eles estariam ali, acima de tudo. Depois do almoço, surgiram algumas nuvens e o sol já não estava tão forte, o que deixou a temperatura mais agradável fora da piscina. Corri para uma espreguiçadeira.

— Comi demais, graças a Deus. — Diego chegou quase rastejando e deitou no gramado, perto do maravilhoso canteiro de tulipas que a tia Estela, mãe do Bruno, cultivava.

— A carne estava uma delícia! O Vini fez uma antipropaganda enganosa, gente! — gritou Mel, colocando os óculos escuros e sentando-se na cadeira ao redor da piscina, no lado oposto ao meu e, claro, perto do Vinícius.

— Deve ter visto uns vinte tutoriais no YouTube, só pode. Evoluiu muito em pouquíssimo tempo.

— Vai ver se eu tô na esquina e segue teu rumo, Vinícius! — Bruno apareceu de repente com John, ambos gargalhando. — Só vou ao YouTube para ver gameplays e covers, confesso. Inclusive vi um gameplay com o John. Monstro demais!

Oi? Nem sabia que o John fazia parte do mundo dos games e jogos on-line, apesar de ele ter comentado que gostava de jogar, não imaginei que fosse tanto. Mas, para falar a verdade, eu não sabia quase nada sobre o

John. Ele não parecia tão confortável em se abrir e falar da vida pessoal, e eu não sabia se queria conhecê-lo melhor, porque isso teria consequências, e uma delas poderia ser a minha atração por ele dobrar. Ou acabar de vez, né?! Eu preferia não arriscar.

— Naquele dia eu realmente estava jogando pra cacete, modéstia à parte — disse ele, acomodando-se ao meu lado.

Ótimo. Perfeito. Era questão de tempo para uma bateria de escola de samba começar a tocar na minha barriga.

— Qual jogo você joga? Não conheço esse seu lado, eu acho — comentei, descontraidamente, sem parecer que eu estava planejando a pergunta havia algum tempo.

— Sou jogador profissional de League of Legends. Eu sei, eu sei, você provavelmente nem sabia que existem pessoas que ganham dinheiro com esse jogo, acertei? — Ele virou-se para mim, com o sorrisinho torto.

— Pra ser sincera, eu só sei o que é League of Legends porque minha irmã assiste a milhares dessas gameplays por dia. E ela nem joga! — exclamei, arrancando uma gargalhada dele que me fez sorrir junto.

— É normal. Ela é mais nova? — respondi que sim com a cabeça. — Crianças e adolescentes estão jogando cada vez mais. E começando cada vez mais cedo também. Comecei só pra me distrair, acabei participando de um torneio em Toronto e fui chamado por um time de lá para jogar profissionalmente — contou ele, empolgado.

— Mas… e a escola? — perguntei, curiosa.

— Agora os times entram em recesso, pois tem o hiato de temporada por lá. E eu saí da equipe porque não conseguiria conciliar com o intercâmbio, e também pra ver se consigo alguma proposta mais legal, tô focado em ir para eventos e aprender cada vez mais.

Ele estava falando com tanta paixão que eu poderia apostar que os olhos dele estavam brilhando, mas os óculos escuros não me deixavam saber.

— Que máximo! Você parece gostar bastante, isso que importa.

Estiquei as pernas.

— É uma terapia. Aliás, lembra quando eu te falei que fui num evento em São Paulo? Era sobre League of Legends!

— Caramba, eu nem imaginava que aqui já rolavam eventos disso. Tô me sentindo minha tia aprendendo a usar Whatsapp, ela não entendia nada e chamava de "novo mundo"!

Sabe quando a gente vê alguém bocejar e acaba bocejando junto? Então, o sorriso do John era tipo um bocejo. Era preciso muito autocontrole para não sorrir automaticamente junto com ele.

— Pois é, agora você conhece um pouco do meu lado profissional também — concluiu, esticando as pernas e se deitando, apoiado nos braços.

Eu queria responder que, por já termos nos visto pelados, tinha a sensação de que já o conhecia fazia muito tempo, mas nessas pequenas conversas eu percebia que era realmente só impressão. Uma impressão bem forte e chata de afastar da cabeça, mas, ainda assim, só uma impressão.

— Essa é a parte em que fico quieta ou mudo de assunto só porque não tenho nenhuma outra profissão além de estudante? — brinquei.

— Ei, presta atenção numa coisa. Você é cantora. Sério, Lola, investe logo nisso. — A seriedade na voz dele aumentou um pouco mais a minha vontade de beijá-lo.

— Eu não ganho dinheiro com isso, não me sustento cantando, então não sou cantora. Mas não sou eu que não invisto, John, é o país. Eu pratico, estudo, vou atrás de bolsas de estudos em escolas de música... mas o mercado é bem complicado, e eu sei que um em um milhão se destaca.

— Não é porque você ainda não ganha dinheiro que não é cantora. E sabe que não estou falando que você não se dedica, estou me referindo ao canal no YouTube que você não quer criar. Arrisca, Lola. Para um pouquinho e pensa no que tem a perder. Se for maior do que o que você tem a ganhar, tudo bem, respeito sua decisão de não criar.

Bom, ele tinha razão.

— Beleza. Prometo que vou pensar, apesar de não entender essa fixação de vocês em relação a um canal de música — falei, com a maior sinceridade do mundo, porque até minha mãe estava nessa.

Seria um ótimo jeito de compartilhar a minha paixão pela música, mas não seriam eles que iriam lidar com os futuros discursos de ódio, com o machismo e a misoginia do mundo — principalmente da internet. Onde tinha tudo isso de sobra.

— Quando você criar, vai entender. Tenho certeza de que vai bombar. Sua voz é diferente, forte, presente, rouca. Vai por mim, também cresci com música. — Ele colocou os óculos na cabeça, prendendo o cabelo para trás.

Era surreal como até um simples gesto desse era tentador. Caralho.

— Tomara que você esteja certo, então — falei, olhando para baixo, provavelmente corada.

Não sabia lidar muito bem com elogios à minha voz. Quando olhei para cima novamente, recebi o sorriso torto como resposta e sorri também, sem conseguir evitar. Sempre que isso acontece, tenho a sensação de estarmos sozinhos, longe de qualquer outro contato humano que não seja o nosso. Dessa vez, não sei se isso aconteceu de novo pela nossa conexão ou pelo fato de que, quando olhei ao redor, Bruno e Diego estavam desmaiados, dormindo. Senti uma leve pontinha de inveja, já que isso era tudo que eu queria desde que havíamos saído da escola, mas o papo com esse homem fluía tão bem que a última coisa que eu sentia era sono. Melissa e Vinícius sumiram com Ariel, só Deus sabe em que lugar dessa mansão estavam.

— Você mencionou que tem uma irmã mais nova, eu não sabia. Quantos anos ela tem? — perguntou, curioso, me acordando do transe.

— Sete. Ela é o amor da minha vida, basicamente. Um dia te apresento na escola, pelo menos vocês têm um assunto em comum: League of Legends!

— Vou cobrar! E aproveito pra pedir que ela ensine você a jogar também, se bem que acho que não recomendo. Se você curtir, pode dar adeus à vida social por um bom tempo.

— Minha vida social não existe mais desde que decidi ver *How to Get Away With Murder* e *Sons of Anarchy* AO MESMO TEMPO, nem vou comentar sobre *Grey's Anatomy*...

— *Sons of Anarchy* é um dos meus seriados favoritos! Até que temos algumas coisas em comum, vai... — Ele semicerrou os olhos, esperando uma resposta.

— Conforme vamos nos conhecendo melhor, as afinidades aparecem. E as divergências também, hein?! Cuidado! — Dei uma piscadinha.

Ele se espreguiçou e sorriu timidamente, acho que não esperava por aquela resposta. Ficamos alguns segundos olhando para o raio de sol em contato com a água cristalina da piscina e eu daria uma moedinha para saber no que ele estava pensando, mas o silêncio logo foi quebrado com um assunto diferente.

— A Ariel realmente ficou dormindo no sofá, né?! — Ele se esticou, tentando olhar pela janela para conferir se a minha amiga ainda estava lá. — E Vini resolveu, aleatoriamente, que regar as flores com a Mel era uma atividade interessante.

— Já Anna, a mais empolgada para o churrasco, não conseguiu se livrar do irmão e acabou tendo que passar o resto do dia inteiro em família.

— Quão aleatório esse grupo de amigos pode ser?

Isso porque ele não estava aqui ainda no dia que Bruno e Leo trocaram socos, e a Ariel ficou desesperada com o corte no supercílio do nosso amigo. Gritei para pegarem gelo, e Anna voltou correndo com um pedaço de carne congelada, dizendo que o gelo tinha acabado. O clima de tensão simplesmente evaporou no momento que posicionei um FILÉ BOVINO na testa do Bruno. Só de lembrar isso, eu ria sozinha. Apesar de os dois terem continuado se estranhando depois daquele episódio, sempre que penso na briga, prontamente me lembro da fatídica cena da carne e caio na gargalhada. Tipo naquela hora, que eu estava esboçando um sorriso idiota e percebi tarde demais.

— Boas lembranças? — perguntou John, me olhando nos olhos.

Deus, eu poderia jurar que ele estava ciente da ambiguidade da pergunta. Com certeza. Desgraçado.

— Ótimas.

Ergui as sobrancelhas, percebendo uma leve expressão de surpresa no rosto dele. Não sei por que se surpreendia quando eu agia da mesma forma que ele. Homens têm essa incrível mania de achar que as mulheres não podem ou não sabem flertar. Pois bem, eu esperava que John não pensasse dessa forma, ou ele ainda iria se surpreender muito comigo. Notei que se virou para mim, mas continuei olhando para a frente.

— Queria falar um negócio meio sério, que até agora não consegui, por não achar oportunidade, mas minha consciência diz que é o certo a se fazer — disse ele, rapidamente.

Na mesma hora me virei para ele e coloquei os óculos na cabeça, prendendo a franja.

— Fala. Sou curiosa, isso não se faz — retruquei, quase suando.

Eu era péssima lidando com suspense, Deus me livre.

— Você conhece a Beca, da sala do Bruno, né?! — Fiz que sim, e na mesma hora já deduzi o rumo dessa conversa. — Então... eu e ela ficamos na mesma noite em que você e eu... Hum, nos conhecemos. Eu a conheci no Tinder e marcamos de sair no mesmo dia, mas pessoalmente o papo não fluiu tanto e acabamos só trocando um beijo. — John parecia meio sem jeito, evitando me encarar. — Ela teve que ir embora cedo, eu fiquei lá e... Bom, você sabe. Nos conhecemos e tal.

— Por que você não me disse antes? — perguntei a primeira coisa que me veio à cabeça.

Finalmente entendi os olhares estranhos da garota durante a semana.

— Porque eu e ela não estávamos mais nos falando. Ela veio me perguntar no Whatsapp de repente se eu e você estávamos juntos, então achei melhor te contar antes que ficasse sabendo pelos outros.

As palavras dele pareciam tão sinceras que acabaram me deixando receosa. Cada vez mais percebia que isso, seja lá o que fosse, estava virando algo que eu não queria. Não no momento.

— Hm... Foi por isso que ela estava meio estranha na NeonMix quando nos viu conversando. Nós duas nunca fomos próximas, mas ela é ex-namorada do Victor, que é o melhor amigo do Leo. Então a gente meio que se encontrava às vezes. Legal da sua parte me contar, afinal nem temos nada... sério. — Olhei para baixo, mexendo nas franjas do quimono que vestia por cima do maiô molhado e tentando me desvencilhar do papo.

Percebi que ele havia pegado uma garrafa de água no cooler, aliás, em que momento ele foi da cerveja para a água?

— A gente já deveria ter falado sobre isso, né?! — perguntou, me acordando do meu pequeno devaneio.

— Sobre a Beca? — retruquei, confusa.

— Sobre nós.

Que tiro! Sobre nós? Por que ele queria falar sobre nós? As pessoas sempre estragam as coisas quando começam a pensar demais. E eu não queria estragar o que quer que aquele "nós" fosse.

— Falar o quê? O que você quer saber?

— Vamos fazer uma brincadeira. Cada um faz três perguntas. Pode ser sobre qualquer coisa e, se não for algo que nos incomode absurdamente, somos obrigados a responder. E aí? — Ele tinha uma olhar desafiador.

Olhei para os lados e nenhum dos meus amigos estava por perto ou prestando atenção. O que eu tinha a perder?

— Você começa.

— Beleza. — Ele pigarreou. — Você me vê como amigo, futuro relacionamento ou sexo casual?

Cacete! Que pergunta era essa? O QUE EU DEVERIA RESPONDER? Será que ele tinha noção de que estava começando uma tempestade dentro de mim? Mordi o lábio e o encarei.

— Não sei — respondi, depressa, sem conseguir pensar direito.

— Essa resposta é inválida. Regra nova.

Merda.

— Sexo casual.

Ele arqueou as sobrancelhas. Não sei como não corri para me enfiar num dos arbustos do jardim, mas pela primeira vez sentia coragem em relação a ele.

— Ok. Segunda pergunta: por que você e o Leo terminaram? Eu percebo que seus amigos não gostam dele, mas nunca vi você compactuando. — Ele apoiou os braços nos joelhos e se inclinou, deitando sobre eles ao me olhar.

Sério que ele queria saber do meu relacionamento passado mesmo depois de eu ter dito basicamente que só queria sexo? Por que ele deixava tudo mais confuso?

— Eu não falo mal dele porque tenho sentimentos bons. Por ele, pela nossa história, por tudo. Não tenho nenhuma intenção nem vontade de voltar, é simplesmente consideração e respeito pelo tempo que ficamos juntos. Nós terminamos porque eu não estava mais feliz, não gostava mais das brincadeiras dele e o ciúme em excesso me incomodava. Segundo, porque a relação dele com meus amigos me afetava bastante. Meus amigos são a minha família e o Leo não aceitava que eu desse prioridade a eles, o namoro precisava sempre estar em primeiro lugar. Isso foi me afastando cada vez mais dele e, um dia, eu acordei decidida. É aquilo que dizem, às vezes só o amor não basta.

Acho que aquela era a primeira vez que eu respondia a ele com mais emoção do que razão. Ele ouviu tudo atentamente, sem desviar o olhar de mim nem por um segundo. O sol já estava coberto pelas nuvens, fazendo a temperatura cair um pouco e dando início a uma brisa mais fria. Beberiquei, nervosa, um pouco do drinque.

— Quais as três coisas que mais te dão prazer no mundo? Sexo não vale!

O tom era de brincadeira e eu provavelmente corei, mas respondi prontamente:

— Cantar, ler e escrever com a Nina, ficar com meus amigos.

Ele sorriu, e eu também.

— Você é interessante. Acho que já te falei, não?! — Aconchegou-se mais perto de mim.

Senti sua mão na minha e fiquei imóvel, retribuindo o elogio com outro sorriso. *Já falou, sim, querido, e devia lembrar no que esse elogio resultou.*

— Minha vez! — Esbravejei, cortando o clima. — Qual a sua tatuagem mais especial? — perguntei, já analisando o braço direito, totalmente tatuado.

Ele acompanhou meu olhar e apontou para um pequeno rabisco que havia no meio dos desenhos maiores. Inclusive, eu só percebi aquele escrito no momento que ele indicou de tão pequeno que era.

— É a assinatura do meu tio. Eu passava todos os finais de semana na casa dele até ele se mudar pros Estados Unidos quando eu tinha 14 anos. Antes de ir, ele me deu um livro com dedicatória, então copiei a assinatura e tatuei. Sempre tive uma ligação espiritual forte com ele, coisa de outro mundo. É minha maneira de agradecer todos os anos de ensinamento que ele me proporcionou — contou, tímido.

Cheguei mais perto para analisar bem o traço e só consegui entender a palavra "George".

— Ok, próxima pergunta. Você me contou sobre uma ex-namorada ou peguete de São Paulo, hoje também falou da Beca... Cara, quantas mulheres já caíram nos seus encantos só nesses meses aqui? — Coloquei a mão na cintura, teatralmente.

Ele fez uma careta como se tivesse se complicado, o que me deixou ainda mais curiosa para ouvi-lo.

— Vamos lá. A e de São Paulo foi a primeira garota com quem saí aqui no Brasil. Ficamos juntos durante os 4 dias de evento, foi bem intenso e eu gostei bastante dela, mas, quando vim pra cá, não rolou mais. Ela me ligava o tempo todo pra perguntar o que eu estava fazendo, o que ia fazer, com quem ia sair... enfim, terminei o rolo uns dias antes de ir ao show em que conheci o Diego. Nesse show conversei com uma garota, mas não passou disso. Daí, depois teve o que você já sabe: aplicativo, Beca, noite no pub, você, meu apartamento. Quer detalhes disso também?

Arregalei os olhos, constrangida.

— Como se você lembrasse de alguma coisa! — desafiei, tentando esconder o nervosismo de pensar que talvez ele lembrasse, sim, só não quisesse falar.

— Devo lembrar o mesmo que você.

Era melhor mudar de assunto antes que aquilo ficasse perigoso.

— Por que você quis saber sobre a forma que eu te vejo? — perguntei, curiosa.

Ele arqueou as sobrancelhas e me encarou.

— Pra saber se estamos na mesma. Mas eu corrigiria a pergunta, na verdade. Perguntaria se você me vê como um amigo colorido, futuro relacionamento ou só sexo casual.

— Qual a diferença entre amigo colorido e sexo casual?

— Amigos coloridos não se falam só pra transar.

— Aceito a sua reformulação. Te vejo como amigo colorido, então. Mas também ganhei mais uma pergunta! Agora que você já sabe, afinal, estamos na mesma? — Antes mesmo de eu terminar, ele sorriu e colocou uma mecha do meu cabelo para trás da orelha, me causando um leve arrepio na nuca.

— Estamos — falou, quase sussurrando.

Sorri, satisfeita, passando para a próxima pergunta. A última.

— Você já teve alguma decepção amorosa? — Me aproximei ainda mais dele.

— Não. Namorei por dois anos, mas tudo terminou numa boa, inclusive ainda sou amigo dela. Confesso que, quando ela terminou, pensei que eu nunca mais gostaria de ninguém na vida, mas é só aquele drama do primeiro amor. É sempre o que mais dói.

Fiquei observando-o coçar a barba falhada e só consegui pensar em como o maxilar dele era tão perfeitamente diagramado. Chegou a me dar uma pontinha de raiva por alguém ter o rosto tão simétrico e, ainda assim, ser charmoso. Será que era o ar canadense?

— MEU PAI AMADO DE DEUS, JÁ É QUASE NOITE! POR QUE NINGUÉM ME ACORDOU? LOLA, VOCÊ NÃO DORMIU E NÃO TEVE A DECÊNCIA DE ME ACORDAR? — Ariel, descabelada e escandalosa, apareceu na janela da sala, não só nos dando um susto, como acordando os meninos também.

Diego levantou do gramado correndo, desnorteado, perguntando onde tinha bomba. Eu não consegui nem ao menos responder, porque não parava de rir, e John me acompanhou. Quem aguentava essa gente louca? Até o Bruno se levantou rapidamente e ficou olhando para o nada de tão assustado!

— Nem vi o tempo passar, amiga. Aliás, meu telefone ficou aí dentro. — Fiz bico para ela, que revirou os olhos enquanto mexia no celular.

— A Anna tá vindo me buscar. Quase perdi a namorada. Ela estava prestes a chamar a polícia por causa do sumiço geral! — Ainda indignada, Ariel semicerrou os olhos e encarou cada um de nós. Eu gargalhei de novo. — Para de rir, demônio! Se for com a gente, arruma as coisas logo que ela já tá chegando.

Vestiu o casaco, e eu fiquei olhando para a janela por mais alguns segundos, pensando no que fazer. Nem lembrava onde tinha deixado a bolsa.

— Vamos comigo, te deixo em casa. Vim de carro. O problema é que também preciso ir agora, meu primo vai sair mais tarde e o carro é dele.

John interrompeu meu raciocínio e, de quebra, me deixou levemente nervosa com o convite. Carro. Ele. Eu. Ok, nem precisava dizer o que aquilo me lembrava. Mas eu também sabia que a proposta não merecia ser recusada, já havíamos passado a tarde inteira conversando.

Eu não queria nem achava saudável ficar pensando demais no que poderia ter acontecido, então…

— Beleza. Só vou pegar minha bolsa e podemos ir. — Quando aceitei o convite, percebi uma leve expressão de surpresa no seu rosto, mas ignorei. Era bom saber que eu tinha o poder de surpreendê-lo.

Quando fui me despedir do pessoal, Bruno me abraçou desconfiado e com os olhos semicerrados, e Mel fez questão de falar que iria correndo contar no grupo das garotas que eu estava indo embora com o John, que "a Anna perdeu a minha cara de pau". Sorri discretamente e mandei ela calar a boca, principalmente porque essa bonitinha nem ao menos interagiu com as pessoas, só ficou grudada no Vinícius a tarde toda. Não tinha moral nenhuma para falar de mim. Coloquei o celular no silencioso e entrei no carro. Não precisei de mais de dois segundos sentindo aquele maldito cheiro para perceber que era o mesmo do apartamento dele. Céus, parecia até um teste! Preferi quebrar o silêncio antes que eu ficasse louca com os flashes daquela noite.

— Você disse que o carro é do seu primo, certo?! — Ele fez que sim. — Então… seu intercâmbio não é daqueles em que você fica na casa de um casal estranho e o filho desse casal vai para a casa dos seus pais no Canadá?

— Não. Eu vim porque gosto muito de português e queria terminar o colegial aqui, então, com certeza, voltaria com uma bagagem cultural bem maior. Esse é o objetivo de um intercâmbio: conhecer uma cultura nova e adquirir experiências e conhecimentos interculturais. Eu podia escolher ficar num apartamento alugado ou na casa de pessoas que fazem parte do programa, e escolhi o apê. Mas passo pouquíssimo tempo lá, já que os meus tios por parte de pai são todos daqui.

— Entendi. Por isso você perambula de boa com o carro do seu primo então!

— Na verdade, só não quis ficar na casa deles porque queria privacidade, sei lá, sou bem reservado nesse quesito. E meus pais deixaram a decisão nas minhas mãos, então optei pelo apartamento mesmo. Mas sim, visito muito meus tios e o carro do meu primo já é quase meu também! — Ele se acomodou no banco, brincando.

— Ah, que legal! Eu queria muito ter algum parente no exterior também, facilitaria tudo, e não precisaria gastar com hospedagem!

— Mais ou menos por aí. — Ele sorriu enquanto me olhava, e eu retribuí, mas tomei um susto ao virar para a frente.

— Olha o semáforo! Tá vermelho ainda! — Apontando para o sinal, alertei, já que ele não fez nem menção de frear, desacelerar ou parar de me encarar, e estávamos chegando relativamente perto do carro da frente.

— *FUCK!* Me distraí! — Ele freou bruscamente, e levamos um solavanco para a frente.

Se distraiu... me olhando?

— Acontece. Pode virar à direita naquela rua, minha casa é aquela cor de creme!

— Você mora perto do Bruno! E a algumas poucas quadras dos meus tios também. Às vezes tenho a impressão de que Curitiba é muito pequena, mas a real é que meu círculo social está praticamente todo concentrado em um lado da cidade. — Ele deu de ombros, e concordei.

Eu morria de preguiça de ir para os bairros mais distantes, principalmente nos shows, que só aconteciam do outro lado da cidade. Era um saco.

— Está entregue, moça. — John estacionou o carro e virou-se para mim, como se estivesse esperando uma reação.

— Obrigada, John. Pela carona e pelos papos de hoje. — Sorri, tirando o cinto e pegando a bolsa.

— Eu que agradeço. E nos falamos pelo Whatsapp, pode ser?

Eu assenti e ele se inclinou na minha direção, segurou meu queixo, e me deu um beijo na bochecha.

Ahn, não! Não, não e não. Coloquei a mão no cabelo dele e o puxei para mais perto, então nos beijamos. Nem morta que eu deixaria essa maldita tensão sexual no ar, sem se concretizar. Ele imediatamente correspondeu ao beijo, dando espaço para minha língua explorar sua boca e nossas mãos correrem soltas. Agarrei sua nuca, e ele, as minhas costas. A nossa posição era desconfortável e, em poucos segundos, eu já estava sem ar, então finalizei o beijo puxando o lábio inferior dele com os dentes e dando um selinho em seguida. Estávamos ligeiramente ofegantes e sei que, se continuássemos, faríamos o carro de motel, e tudo aconteceria tão rápido que eu nem pensaria direito. Era bizarramente difícil me manter afastada do corpo dele, do toque, do cheiro... tudo nele parecia um ímã, mas lembrei que eu estava na frente de casa (!) e resolvi aproveitar a sanidade que ainda me restava. Mordi o lábio ao encará-lo, me afastei e abri a porta, pronta para sair e tentar acalmar minha pulsação acelerada.

— Até! — Desci do carro, me virei e dei um tchauzinho.

Só consegui ver que o maldito sorriu torto, e ele foi embora. Eu ter conseguido fazer o curto caminho foi praticamente um milagre se considerarmos quão bambas minhas pernas estavam.

05

GLITTER IN THE AIR

Pink

◀◀◀❙❙▶▶▶

Passei um mês pensando em como cuidaria do meu canal. Se habilitaria comentários, se permitiria que avaliassem os vídeos, se divulgaria para desconhecidos... Minha cabeça tinha virado uma teia de pensamentos sobre algo que eu nem sabia se ia acontecer mesmo. Meu medo não era que muitas pessoas me vissem cantando, mas sim a vulnerabilidade que a internet criava, o ódio que incitava, pessoas loucas cismando comigo, opiniões não solicitadas, xingamentos gratuitos. Pensar nos mil perigos aos quais eu estaria exposta me paralisava, me fazia procrastinar esse projeto. Fiquei assustada desde que a Aline — uma das minhas youtubers favoritas — ficou dois meses afastada porque fez um mísero comentário que foi tirado de contexto e causou uma polêmica enorme. Lembro que até a própria família dela recebeu ameaças. Por outro lado, conversar com o John no dia da piscina me abriu bastante os olhos. Claro que meus amigos sempre me incentivariam, mas perceber que pessoas de fora também acreditavam em mim me fez refletir. Inspirada pelas conversas que tive com ele e com minha mãe, fiz a lista de prós e contras.

Prós: é uma possível porta de entrada para projetos maiores, eu ganharia visibilidade e admiradores do meu trabalho, receberia comentários carinhosos.

Contras: receberia comentários desagradáveis e possivelmente até ódio gratuito, ganharia alguns saleros e teria minha vida exposta.

Me parecia óbvia a decisão certa a se fazer.

[16:43] Mel: Merda, eu to indo no cinema com o Vini. Depois explico, mas foi de última hora, tá?

[16:43] Mel: Coloca uma foto bonitona sua e POSTA COVER DE STONE COLD! O mundo pede!

Abri um sorriso enorme lendo as mensagens, mas senti uma pontinha de tristeza por estar sem minhas amigas para surtarem pessoalmente comigo também. Enfim, decidi deixar pra lá e mostrar o canal para elas somente depois que estivesse tudo pronto. Procurei no Google "como criar um canal no YouTube", abri o primeiro resultado da busca e segui o passo a passo do site, começando pela foto, arrumando o endereço e a identidade visual, que por enquanto era bem simples. Uma coisa de cada vez. O celular apitou e me chamou de volta à realidade.

[17:30] John: Como assim vc criou um canal e eu soube pelos outros?

[17:30] John: Me manda! Quero ver como tá

[17:30] John: FINALMENTE, hein?!

[17:31] Lola: Peraí. Como assim VOCÊ JÁ ESTÁ SABENDO?

[17:31] John: As notícias em Curitiba voam

[17:31] John: E a Ariel não consegue se conter também

Morri de rir. O mais assustador disso tudo é que a Ariel foi falar para o John antes do Bruno, o que estava acontecendo com essa gente?

[17:32] Lola: Você pode vir aqui em casa? Já que você é metido com isso, eu bem que gostaria da sua ajuda, hahahaha

[17:32] John: E da minha companhia também, espero... :)

[17:32] Lola: Então vem?

[17:33] John: Já tô colocando o tênis! Beijo

Passar tempo conversando bobeiras com o John era sempre bom, mas dessa vez eu estava realmente preocupada em deixar o canal com a minha cara. Precisava me sentir bem confortável para postar um vídeo logo, era um desejo inesperado que estava virando uma questão de vida ou morte. O medo estava dando lugar à ansiedade: será que as pessoas iam gostar dos meus vídeos?

Quando chegou, John me explicou como funcionava a política de direitos autorais, monetização dos vídeos, o melhor dia e hora para postar, canais musicais para me inspirar... tudo. Ficamos até de noite vidrados nesse novo mundo no qual eu estava prestes a mergulhar, e mostrei para ele o canal que era minha maior inspiração: Letra & Música, do Ed! Assistimos aos onze vídeos postados e o tempo voou. Só voltamos à realidade quando nossa barriga roncou de fome.

— Que loucura, né? Tenho certeza absoluta de que vai ser um sucesso, enquanto ainda tem dúvidas. Acha mesmo que sua voz é comum? — perguntou, comendo um biscoito amanteigado.

Dei de ombros.

— Não. Eu gosto da minha voz, gosto de me ouvir cantar e sei que canto bem, mas a música nesse país é desvalorizada. Enfim, sei das consequências, mas é o que eu quero. Já decidi, e quando decido uma coisa... Nada é capaz de me deter. — Dei uma piscadinha.

Ele fez um joinha e pegou mais um biscoito.

— Lola? Filha? — Arregalei os olhos ao ouvir minha mãe na sala me chamando da sala, e minha irmã vindo correndo para me abraçar.

Aja naturalmente, Lola. Não surte com a possibilidade do seu... rolo... conhecer sua família como quem não quer nada numa noite de quinta-feira.

— Oi, meu amor! — Enchi Nina de beijinhos e a peguei no colo.

— Quem é você? Eu sou a Nina. Tenho 7 anos, já sei ler e escrever e gosto de dinossauros. — Ela se apresentou e John abriu um sorriso de orelha a orelha.

Minha mãe estava observando a cena sorrateiramente na porta da cozinha. Tenho certeza de que ela já sabia quem ele era.

— Oi, Nina, você é muito simpática, sabia? Eu sou o John, tenho 18 anos e adoro jogos de computador. Soube que você também gosta... — Ele semicerrou os olhos e Nina abriu a boca, surpresa.

— EU ADORO! VOCÊ CONHECE *LIGUE LEGEN*? É O MEU FAVORITO!

— Ah, pronto... — Cruzei os braços, sentindo um leve ciúme da minha irmã.

— Eu também adoro esse, Nina! Algo me diz que seremos bons amigos, hein?!

Nina assentiu, empolgada.

— Posso me apresentar também? Sou a Lisa, mãe dessas duas. E acho que já ouvi falar de você, John. — Minha mãe fez o favor de me deixar numa sinuca de bico, mas ignorei a exposição e enfiei um biscoito na boca.

Falar de boca cheia era falta de educação, né?!

— Prazer, Lisa. Espero que tenha ouvido coisas boas — disse, cumprimentando-a.

Seria possível essa situação ficar ainda mais constrangedora para mim?

— Filha, a Esther vem aqui amanhã à noite, você vai sair?

— Não. Amanhã à noite eu provavelmente estarei gravando o primeiro vídeo do meu novo canal no YouTube! — Não era bem assim que eu estava pensando em contar para ela, mas acabou saindo.

Minha mãe abriu o maior sorriso do mundo, e só eu sabia como aquele sorriso aquecia meu coração.

— Que maravilha! Finalmente! Já estou ansiosa pra mandar pra todos os meus grupos do zap! Quando você vai postar? Qual música? — disparou ela, empolgada.

— Calma, dona Lisa! Nem eu sei ainda. O importante é que o primeiro passo foi dado.

— Lola, você já terminou de comer? Eu quero ver mais vídeos do Ed. Ele é um pouco viciante, acho. — John estava com olhos pidões, quase implorando.

Assim ficava difícil negar alguma coisa.

Quatro vídeos depois, ele resolveu me apresentar um pouco ao mundo dele: gameplays de no mínimo quarenta minutos e campeonatos compostos majoritariamente de rapazes asiáticos. Era engraçado ver como esse mercado havia crescido, principalmente entre os jovens, apesar de ainda existir quem nunca tenha ouvido falar em e-sports. John me mostrou o canal de um amigo, também jogador profissional de League of Legends, com mais de quatrocentos mil inscritos e alguns vídeos com a participação dele. Os comentários eram exatamente o que eu imaginava antes mesmo de ler: meninas dizendo que queriam casar com o John e alguns garotos tirando sarro porque ele era bonito e ainda por cima jogava bem — um ser humano em extinção. Morremos de rir e eu definitivamente não imaginava que seria tão divertido passar um dia com ele sem dar uns amassos. Na verdade, nem tivemos tempo de pensar. Ele estava ali apenas no papel de amigo. O problema era que, quando pensava nele como mais alguma coisa além disso, aquela tensão sexual pulsante preenchia o ambiente, e eu não conseguia mais agir naturalmente sem dar sinais de que estava desesperada para ficar com ele. Merda. *Para de pensar nisso, Lola.*

— Você está devidamente apresentada ao mundo do e-sport, moça. Espero que um dia seja tão reconhecido quanto o futebol. — Falava com tanta paixão que parecia uma possibilidade bem plausível. Não contive um sorriso discreto ao observá-lo.

— Dá pra ver o brilho no seu olhar quando você fala sobre isso.

— É o mesmo do seu ao falar de música, eu acho. Com a diferença de que seus olhos são muito mais bonitos. Seu rosto inteiro, na verdade — disse ele, espontaneamente, como se estivesse habituado a me elogiar.

Mordi os lábios, tímida, dando um sorriso discreto e olhando para baixo, sem saber direito o que falar.

— Obrigada, mas eu discordo parcialmente dessa afirmação — brinquei, encarando-o.

Ele se virou para mim, colocando o notebook no criado-mudo.

— Tá muito difícil ficar perto de você esse tempo todo sem te beijar. Puta que pariu — disparou ele, de repente, me surpreendendo.

Eu sorri e o puxei para mais perto.

— Vejo que temos cada vez mais coisas em comum...

Quase não consegui terminar a frase, pois ele me beijou intensamente. Estávamos sentindo a mesma coisa, eu senti. O beijo foi ficando cada vez mais acalorado, e meu desejo foi aumentando. Nossas mãos passeavam pelo corpo um do outro e, num curto espaço de tempo, as roupas pareciam uma barreira enorme entre nós. Por apenas dois segundos parei de beijá-lo e olhei no fundo de seus olhos, e foi o suficiente para ele entender. Tirou a camiseta depressa, revelando as tatuagens e me fazendo perder o pouco de controle que restava. Eu queria me lembrar de como era transar com ele, se ele era bom de cama. E não queria me apegar, então não sei se preferia que essa resposta fosse positiva ou negativa, mas eu também não estava em condições de ser racional agora. À medida que nossas roupas se desvaneciam, mais eu o desejava. Ele segurou minha cintura e me trouxe para seu colo, me beijando do queixo até o pescoço, e senti que estava tão excitado quanto eu.

John colocou a camisinha e me encarou seriamente, deslizando seu membro para dentro de mim e me tocando, minha urgência era maior enquanto seu desespero havia sido controlado, e ele incorporou um homem mais... calmo, misterioso? Essa calma de quem sabia o que estava fazendo me deixou excitada como nunca, talvez porque eu estivesse acostumada com parceiros mais afoitos. Mas com ele era diferente. Será que na noite em que nos conhecemos ele foi assim também? Ou quando bêbado ele fica mais sem jeito? Só sei que naquele momento me senti tocada como uma pedra preciosa. Eu me vi com uma vontade inebriante, incomum e absurdamente difícil de ser controlada. Suas investidas se tornavam mais constantes, até que não aguentei mais e, enfim, fechei os olhos, meu corpo todo se contorcendo, tentando recuperar o ar. Quando terminamos e desabamos exaustos na cama, dois pensamentos prevaleciam: um, eu precisava sentir isso de novo. Dois, eu esperava, do fundo do meu coração, que minha mãe não tivesse ouvido nada. Amém.

Acompanhá-lo até a porta e me despedir dele foi um pouco mais doloroso dessa vez. Passar tempo com o John era como desbravar um pouquinho mais da sua personalidade, ainda que ele fosse reservado na maior parte do tempo. Aqueles diálogos enigmáticos e todo o comportamento dele estavam me deixando confusa e me tirando do sério e, para ser sincera, nem eu sabia exatamente o motivo. Eu não sabia lidar com indecisão, não era adepta do meio-termo, o morno nunca me satisfez. Se ele fosse uma pergunta, a minha resposta seria sim.

Antes de voltar para o quarto, obviamente respondi algumas perguntas nada discretas da dona Lisa, que me levaram a crer, felizmente, que ela não tinha escutado nada.

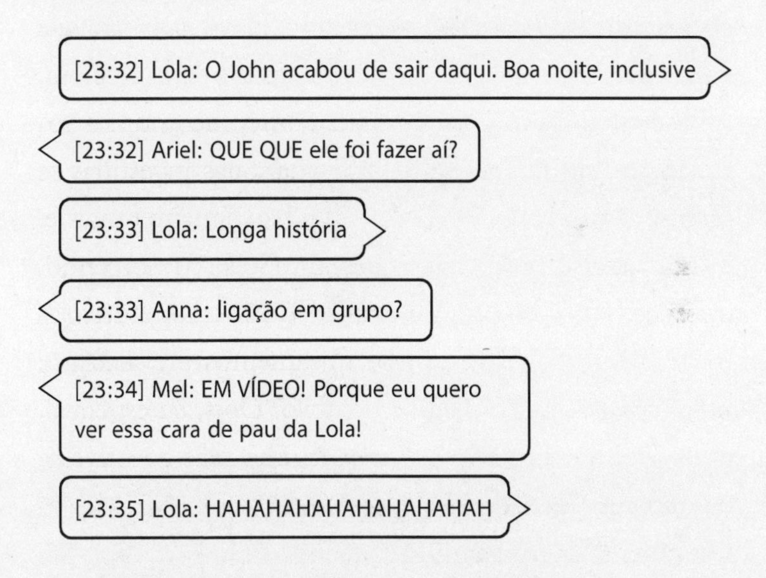

<Ariel está solicitando sua participação na conversa em vídeo.>

— Gurias, eu sou inocente! — Iniciei as fofocas já me defendendo. Todas começaram a falar ao mesmo tempo e, em questão de segundos, a ligação parecia estar sendo feita diretamente de um estádio de futebol em final de Copa do Mundo. Misericórdia!

— UMA DE CADA VEZ! — Ariel botou ordem. — Eu começo. CONTA DESDE O COMEÇO, LOLA! Por que o John estava aí? — questionou ela, se aproximando da câmera e encarando, como se estivesse na minha frente.

— Por causa do canal. Chamei ele pra me ajudar com a parte visual e tal. — Soltei a bomba e sorri discretamente.

O estádio de futebol foi ao delírio, me deixando praticamente surda. Afastei o celular do rosto por alguns segundos.

— Meu Deus! Achei que a mensagem no grupo mais cedo tinha sido brincadeira! Não acredito que o canal é real mesmo, finalmente! — Mel levantou a mão, agradecendo.

— A Ari tá fazendo esse escândalo, mas foi ela quem contou pro John do canal, levei o maior susto quando recebi uma mensagem dele falando sobre isso. — Semicerrei os olhos, encarando o pequeno quadrado com o rosto de Ariel.

Anna abriu a boca, surpresa.

— Dá um tempo, garota! Fiz um favor, pelo visto. — Gargalhou. — Como nós todas estávamos ocupadas, liguei para a primeira pessoa que poderia ajudar. E não foi pro John, foi pro Bruno. Ele tinha ido jogar tênis lá no outro lado da cidade, disse que te ligaria depois até.

— Ele ligou. — Interrompi. — Vamos gravar amanhã e postar no domingo!

— EU QUERO IR NA GRAVAÇÃO! — gritou Anna.

— Claro que vamos! Era só o que me faltava. — acrescentou Mel, e Ariel concordou.

Dei de ombros, já sabia que era uma batalha perdida.

— Tá, meu anjo, agora conta do John! Ele só te ajudou com o canal ou com a abstinência sexual também? — perguntou Anna, em tom de brincadeira, fazendo Mel e Ariel gargalharem.

Fiquei em silêncio e meu rosto deu uma leve corada.

— MEU DEUS! LOLA? — Ariel foi a primeira a perceber.

— Eu. Não. Acredito. — Mel ficou boquiaberta.

— QUEM CALA CONSENTE! QUEM CALA CONSENTE! — Anna apontou para a câmera.

Eu sorri timidamente e dei de ombros.

— Ele foi bem atencioso com o meu desespero em criar o canal, deixar tudo bonitinho e coisa e tal. Assistimos a milhões de vídeos, covers e outras coisas, conversamos... Ele conheceu a Nina e minha mãe... MAS ISSO FOI CONTRA MINHA VONTADE! — ressaltei. — E daí papo vai, papo vem, acabou rolando. Cara, é impossível controlar, puta merda! — confessei, balançando a cabeça.

— Só imagino. Não sei como você aguentou até hoje, na verdade. — Ariel foi compreensiva, e Anna semicerrou os olhos.

— Quanta heterossexualidade, aff!

— E ele? É bom, tem borogodó? Você lembrou de algo da primeira vez? — Mel prestava atenção em todas as minhas reações.

Fiz bico ao pensar antes de responder.

— Mais ou menos. Digo, ele é muito bom nosso, até demais, mas me deixou com uma vontade ridícula de mais.

— Ué, e não é esse o significado de FAZER DIREITINHO? — indagou Ariel.

— É. O que estou dizendo é que nunca tinha sentido isso, nunca terminei de transar já com vontade de mais. Ou não lembro. Principalmente com o Leo. E aí fiquei me perguntando se o sexo com meu ex era bom mesmo ou se eu que fantasiava tanto que não enxergava os defeitos. Sei lá.

— Cada relacionamento é diferente, amiga. O John está te mostrando esse outro lado da moeda que você ainda não conhecia — disse Mel, olhando para as unhas.

— Talvez — concluí, pensativa — E só para constar, amada, eu não me esqueci de você e Vinícius indo ao cinema. Do nada? Rolou algo?

— Não. Só fomos, conversamos e voltamos. Tá ficando cada vez mais complicado controlar, mas eu ainda tenho medo de dar o primeiro passo — confessou Mel, suspirando.

Anna revirou os olhos.

— Melissa, vocês já estão no quinquagésimo passo. Credo, gente!

— Vamos dormir, atentadas? Amanhã o dia é corrido: aula, italiano e casa da Lola! Bruno acabou de me mandar mensagem sobre a gravação. Mel, eu e Anna passaremos aí às 14h! — avisou Ariel, empolgada.

Mordi o canto do lábio.

— Até amanhã, tchauzinho!

Mesmo depois de fazer minha rotina noturna e me preparar para deitar, as palavras de Mel ainda estavam ecoando na minha mente. Para mim, não era tão simples admitir, mas o John me mostrou um lado do sexo que eu não conhecia antes. Como alguém pode me passar tanta segurança em tão pouco tempo? E por que é tão complicado definir o meu sentimento por ele?

* * *

Estava prestes a gravar meu primeiro vídeo para o canal e digamos que minha ansiedade já tinha tomado aproximadamente oitenta por cento do meu corpo. Os outros vinte eram representados por um emaranhado de sentimentos estranhos que estavam fazendo conexão. Na verdade, desejava internamente que esses sentimentos fossem nômades apenas de passagem por aqui. Bruno chegaria em minutos com o pessoal, já que todos se negaram a ficar em casa e bateram o pé para acompanhar a gravação. Não sabia se a presença deles me deixaria mais calma ou ainda mais nervosa, porém o nervosismo não podia me impedir de me arrumar. Depois de finalizar o delineador e ajeitar o cabelo, conferi a roupa que escolhi e conferi, pela décima vez, se ela ficaria legal no vídeo. Cheguei à conclusão de que não dá para errar com botas pretas acima do joelho, short de cintura alta, cropped e jaqueta militar por cima de tudo, dando um toque mais despojado. O cabelo preferi deixar solto, já que ele estava cheio de ondas e superdefinido. Era isso. Eu estava pronta.

Ariel, Anna, Melissa, Bruno, Vinícius, Diego e John chegaram fazendo o maior auê, principalmente Ari, que já estava falando aos quatro ventos sobre como a vida dela seria quando ela fosse reconhecida por ser amiga de uma "famosa". Lilian, Marcos, Gabi, Cecília e Davi, os mais chegados da galera do coral, e o professor Jean também estavam na plateia. Era muito importante pra mim que eles presenciassem essa primeira gravação, porque, de certa forma, eles faziam parte daquele sonho. Jean sorriu orgulhoso para mim, que retribuí, feliz por estar rodeada de pessoas inspiradoras. A sala estava devidamente arrumada e ela seria meu cenário inicial. Minha mãe deixou Nina no balé, e de lá foi visitar a Lucinda, sua amiga, então não precisaríamos nos preocupar com barulho externo por um bom tempo — nessas horas eu agradecia infinitamente por morar numa rua pacata.

— As luzes casaram perfeitamente com o ambiente, ficou muito irado! — Bruno se empolgou olhando para o visor da câmera.

— Já estou imaginando os comentários da *macharada* em cima da Lola. Cê tá muito gata, amiga! — elogiou Anna, e eu sorri como agradecimento.

Meu estômago estava dando cambalhotas milenares de nervoso.

— Concordo com a Anna. — John piscou, e eu olhei para baixo.

Não ia conseguir lidar com meu estômago reagindo ao nervosismo somado ao meu corpo reagindo ao... John. Inclusive facilitaria a minha vida se ele não ficasse no meu campo de visão na hora da gravação, Deus, não havia necessidade de ter vindo tão estiloso. Será que não tinha uma única peça de roupa no armário desse infeliz que não o deixasse gato? Deus me livre.

— Lola, eu amo você, mas preciso dizer que a melhor parte de vir até sua casa é comer esse biscoito que sua mãe faz. Queria levar um pote inteiro embora. — Diego falava de boca cheia, provocando gargalhadas em Vinícius e Bruno.

— O amanteigado? É muito bom mesmo! Lembra muito os da minha vó canadense, dá pra matar a saudade um pouquinho — concordou John.

— Ué, mas você não comeu nenhum! — Vinícius ficou pensando por uns segundos.

— Tem caroço nesse angu — brincou Bruno.

Eu já imaginava o rumo que aquela conversa ia tomar e cortei logo.

— Bruno, já está tudo pronto? — perguntei, interrompendo.

— Sim! Só falta a gente testar o microfone, bora?

Ajeitei a postura no sofá e testei o microfone com uma melodia das notas musicais, exercício que sempre fazia na aula de canto. Por incrível que pareça, aquele nervosismo estrondoso deu lugar a uma segurança que nunca imaginei sentir, principalmente com todos os meus amigos ali me olhando. O fato era que, quando falávamos de música, eu sempre me surpreendia com o impacto positivo que ela tinha na minha vida, mesmo nos pequenos momentos, ainda que, para mim, este fosse um grande e valioso momento. Bruno levantou o braço, pedindo que eu parasse.

— Tudo pronto. Quando quiser e estiver pronta, é só avisar.

— Ai, meu Deus, é real! — Ariel deu pulinhos e bateu palma, enquanto Mel e Anna a abraçavam.

Eu sabia que aquele abraço era para me confortar também, e confortou.

— Boa sorte! — exclamou John, apoiando-se na bancada do minibar da sala, com aquele sorriso característico.

Eu o encarei e sorri também. Confesso que jamais conseguiria explicar o reboliço que estava acontecendo na barriga.

— Lola, acredite e confie no potencial da sua voz. Lembre-se de todos os nossos anos de prática e mantenha em mente que você é uma das melhores alunas que já tive. — Jean me incentivou, e abri um sorriso de orelha a orelha.

Amo elogios vindo dele.

— Temos certeza de que você vai arrasar, Lo. Boa sorte! — Gabi se empolgou e o pessoal do coral concordou.

Mandei um beijo para eles e respirei fundo.

— Tô pronta — falei, olhando para Bruno, que assentiu.

— A partir de agora é silêncio absoluto, pessoal. Boa sorte, brother. Te amo.

Era a hora.

Eu não tinha revelado a música para ninguém, justamente porque nem eu mesma sabia qual seria. Não sabia qual gênero era melhor para começar, se seria melhor escolher para a estreia algum hit, uma música nacional. Não tinha noção de nada disso, então me restou seguir a intuição. Ajeitei novamente a postura, peguei o violão e limpei a garganta. Encarei a câmera e, no meio de um tímido sorriso, toquei as primeiras notas de "Glitter in the Air", da Pink. Eu simplesmente amava essa música. A melodia permitia que eu mostrasse bem o potencial da minha voz, eu me identificava tanto com a letra que chegava a ter arrepios, e a Pink era uma das minhas artistas favoritas de todos os tempos. "Glitter in the Air" era minha música preferida dela. Por acaso começou a tocar na playlist que eu estava ouvindo na noite anterior e tudo fez sentido. Senti como se o Spotify estivesse me mandando um sinal, e meu dever era atendê-lo. Então, lá estava eu.

Durante os 3m47s de música, foram os mais diversos e estranhos sentimentos da minha vida. Minhas mãos suaram quando comecei a cantar, mas isso não me distraiu, muito menos me parou. Eu notava cada batida do meu coração, como se estivesse sozinha em um quarto, no total silêncio, ouvindo apenas ele. Os quase quatro minutos passaram em câmera lenta, como sempre acontece quando estou cantando; o resto do mundo deixou de existir por um tempo, ficamos eu, meu violão e a câmera. E era surpreendente, mas o nervosismo não me incomodou. Será que eu finalmente havia encontrado um hobby à altura do coral? Quando me dei conta, olhei para o pessoal e todos estavam me encarando, alguns — Ariel, Bruno e Cecília — boquiabertos, outros — Gabi, Mel, Lilian e Marcos — com a mão na boca, surpresos. John estava sorrindo. Maravilhosamente, como sempre.

— Caraca, a certeza que eu tinha do seu sucesso só se multiplicou. Você é demais! Que vozeirão da porra! — Vinícius bateu palmas, empolgado.

Anna, Mel e Ariel o acompanharam.

— Que talento, que grave perfeito! — Jean batia palmas.

— Essa letra é simplesmente foda. — John tirou as mãos do bolso e ajeitou o cabelo. — Dá vontade de ouvir você cantando o dia inteiro.

Fiquei sem reação, como sempre fico quando alguém elogia minha voz. E ele tinha uma maneira única de elogiar, fazendo parecer que aquele elogio era exatamente o que eu precisava ouvir.

— Nem acredito que isso aconteceu. — Foi a única frase que consegui formular no meio de tanto sentimento. Sorri abobalhada, olhando para o chão.

— ESTOU PRONTÍSSIMA PARA SER AMIGA DA PRÓXIMA PRINCESA DO POP! — gritou Ariel, do nada, arrancando gargalhadas do pessoal.

— Brother, você ensaiou mais alguma? Vamos aproveitar para deixar mais um vídeo gravado, assim você não vai precisar se preocupar com isso no meio da semana de provas antes das férias! — sugeriu Bruno.

Eu fiz que sim. É claro que tinha mais músicas prontas!

— Óbvio! Vamos lá.

— Não vai parar pra tomar uma águinha? — perguntou Davi, em tom de brincadeira, e eu neguei.

Rapidamente troquei minha jaqueta por um cardigã cinza e ajeitei o cabelo.

— Quando quiser. Pessoal, mesmo esquema: silêncio absoluto!

Fechei os olhos e respirei fundo, dessa vez já me sentia mais à vontade. Mesmo ritual: ajeitei a postura, encarei a câmera, sorri e comecei a tocar as primeiras notas da música "Feeling Good", da Nina Simone. Era uma das maiores cantoras do mundo, que inclusive tinha um dos nomes mais lindos, e eu amava cada composição. "Feeling Good" praticamente conversava comigo. Só eu sabia como aquela canção fazia parte de mim, implorando para ser performada na primeira oportunidade que eu tivesse, assim que me sentisse preparada. Aquele era o momento, a hora certa, o timing perfeito. Cantei concentrada, sem conseguir olhar para outros lugares além das cordas do meu violão e a câmera, novamente como se eu estivesse sozinha em casa.

Toquei a nota final e me despedi com um sorriso, alguns segundos se passaram e Ariel bateu palmas, subindo no sofá e gritando que aquela música era foda e representativa. Aliás, só conheci a música por causa dela.

— ME POSSUA, LOLA! QUE MULHERÃO! NINA É MINHA CANTORA FAVORITA DO MUNDO! — Anna empolgou-se com a namorada.

— Amiga, nunca tive tanto orgulho de você! Os covers ficaram maravilhosos, meu Deus! — Mel bateu palmas e acomodou-se no sofá ao lado do Vinícius.

— Me lembrei do especial de fim de ano, quando apresentamos "I Put A Spell On You", que a Nina também regravou. — Jean estava visivelmente emocionado.

— Eu também! Foi minha primeira apresentação com o grupo. Que saudade! — Lilian se encostou no ombro de Cecília.

Eu não conseguia explicar quão completa estava me sentindo.

— Agora que acabou, preciso dizer que é um pouco impressionante que você tenha acertado de primeiro nas duas gravações. Conheço pessoas que precisam regravar gameplays, que é bem mais simples e improvisado, que saem mal nos vídeos, erram na desenvoltura. Sério, surpreendente — comentou John.

Escutei atentamente as palavras dele e mordi o lábio, sem saber direito o que responder, mas dando um sorriso tímido.

— E mais, você cantou com muita emoção, o tempo todo. Talvez nem tenha percebido, mas manteve os olhos fechados durante boa parte dos vídeos. Isso só mostra como as músicas são importantes pra você, Brother — acrescentou Bruno, levantando a mão para um high-five.

— Como esperar até domingo? Quero postar logo! — confessei.

— Quem te viu, quem te vê, hein?! Depois de anos de insistência, finalmente tivemos nosso pedido atendido, pessoal! — esbravejou Diego, animando todo mundo.

— Pizza para comemorar? — sugeri, levantando e colocando as mãos na cintura.

— SIIIIIIIM! — A resposta foi geral.

Toda vez que estava com meus amigos, sentia que não poderia ter mais sorte na vida. Naquele momento, esse sentimento parecia transbordar. Era uma bênção ter pessoas tão maravilhosas acompanhando e apoiando minha caminhada. Seria cheia de tropeços, erros e acertos, mas eram essas intercorrências que definiam quem eu era.

E quem eu seria.

06

TREACHEROUS

Taylor Swift

◀◀◀ ❚❚ ▶▶▶

Eu não conseguia nem pensar direito. O dia anterior tinha sido um dos mais importantes da minha vida, o dia em que finalmente postei o vídeo e enfrentei o que poderia acontecer depois disso. Foi o dia em que ri, chorei, gritei com as primeiras visualizações, fiquei encucada com as reações negativas e aprendi a priorizar as positivas, que felizmente eram maioria! Definitivamente, o dia tinha sido especial demais; nem sei como consegui dormir no meio desse turbilhão de sentimentos que me assolam desde o momento que cliquei em "Publicar vídeo". Meus amigos e família já haviam compartilhado o vídeo com Deus e o mundo. Eu divulguei apenas no Twitter, no Facebook e no Instagram — neste último editado e por livre e espontânea pressão do Bruno, que insiste em dizer que o Instagram é uma ótima ferramenta de divulgação.

Antes de dormir, claro que chequei as visualizações: mais de cinco mil! No primeiro vídeo! Impossível conter minha felicidade. Eu estava recebendo infinitas mensagens, comentários lindos e muito apoio. Recebi mensagem de pessoas que viram um amigo compartilhando, resolveram conferir sem nenhuma expectativa e gostaram... meu Deus, parecia um sonho!

E depois de acordar, claro que fiz o mesmo.

— MEU DEUS! QUÊ??? CINQUENTA MIL? COMO?

No Twitter, fui mencionada inúmeras vezes, mas uma em especial me chamou atenção. NINGUÉM MENOS QUE A PINK TINHA RETUÍTADO O MEU COVER! QUE MERDA ERA AQUELA? Pulei da cama e desci correndo, de camisola, gritando pela casa.

— Lola, você tá com algum problema? Quer me matar do coração, minha linda? — Minha mãe colocou as mãos na cintura.

Eu nem prestei atenção.

— MÃE, CINQUENTA MIL VISUALIZAÇÕES! MAIS DE QUINHENTOS COMENTÁRIOS, A MAIORIA ME INCENTIVANDO! OITO MIL PESSOAS SE INSCREVERAM NO CANAL, OU SEJA, QUEREM VER OS PRÓXIMOS VÍDEOS! E A PINK APENAS VIU O COVER E NÃO SÓ APROVOU COMO TAMBÉM COMPARTILHOU! O QUE TÁ ACONTECENDO?

— Ah, meu bem, eu sabia que todo mundo ia amar. E aposto que é só o começo. Sua voz é diferente e única, e você tem uma carreira de sucesso pela frente — disse ela, me abraçando e beijando minha testa.

Eu a abracei com toda a minha força. Socorro, eu não estava acreditando naquilo!

— Abraço coletivo! — Nina foi saltitando da sala até a cozinha.

Enquanto subia as escadas, entrei no grupo para surtar com as meninas, mas vi que tinha chegado atrasada.

[07:33] Mel: A Lola não atende o celular, já estou desesperada! Pink divulgou o cover dela, gente!!!

[07:36] Mel: POR QUE NINGUÉM ME ATENDE?

[07:40] Anna: eu estou GRITANDO, @Lola CADÊEEEE

[07:41] Ariel: Não acredito que a maldita colocou o celular no silencioso! Gente, é a fucking PINK!

[07:58] Lola: AAAAAAAAAAAAAA

[07:58] Lola: EU AINDA NÃO ACREDITO GENTE

[07:58] Lola: PARECE SONHOOOOOO

[07:58] Lola: ELA ELOGIOU A EMOÇÃO DA MINHA PERFORMANCE, PELO AMOR DE DEUS, SOCORRO

[07:59] Mel: A gente sempre soube! Como é bom saber que estivemos certas durante todo esse tempo...

[07:59] Ariel: VOU TE AGARRAR FÁCIL HOJE NA ESCOLA

[08:00] Lola: HAHAHAHAHAHAHAHAAHHA

A minha felicidade era tanta que esqueci que estávamos na semana de provas, e a primeira seria nada mais nada menos que a de Química. Eu não me dava bem com exatas! A sorte era que eu tinha uma memória boa e prestava bastante atenção às aulas, porque se deixasse para estudar em casa sozinha já era. Fora que eu só queria saber de cuidar do meu canal, gravar mais vídeos e postar cada vez com mais frequência, para manter os seguidores. Parecia loucura estar fazendo esses planos, porque algumas semanas antes eu nem conseguia lidar com a ideia de ter um canal... Eu seria eternamente grata aos meus amigos que insistiram e me apoiaram. Se não fosse por eles, eu nunca teria dado esse passo.

Me arrumei e desci para esperar John, que havia me prometido uma carona. As coisas entre nós estavam cada vez mais nítidas depois da nossa conversa na casa do Bruno. Era amizade colorida, sem muita expectativa além disso. Gostava de ter ele por perto, conversar sobre tudo e até brincar com ele como faço com os outros meninos, mas ficava uma tensão sexual muito filha da puta carregando o ambiente sempre que nos encontrávamos. Aliás, nem precisávamos estar no mesmo lugar! Trocar mensagem com ele também me deixava com o mesmo frio na barriga, que eu já nem chamava mais de Carnaval, estava mais para um final de Copa do Mundo nos pênaltis. Mas eu pensava tanto nesse assunto que ele estava ganhando uma proporção maior do que merecia. Nesses momentos em que minha cabeça começava a ferver, eu gostava de ouvir música alta, para abafar os pensamentos.

— Bom dia, mocinha! Seu cabelo fica muito maneiro assim.

Mal entrei no carro dele e já fui elogiada. Ainda não tinha me acostumado com o sotaque fofo.

— Obrigada, mocinho. O seu também não está nada mal, vai... — Dei de ombros, sorrindo discretamente.

— Não vou nem agradecer, isso não é elogio!

— É meu jeitinho, você já deveria saber. — Arqueei as sobrancelhas depois de uma risada, encarando-o.

Ele revirou os olhos e saiu com o carro.

— Só porque está ficando famosa já começou a ficar esnobe. O vídeo tá bombando muito! O próximo vai sair quando, amanhã?

— SIM! Eu nem acredito em tudo que está acontecendo. Está sendo muito melhor do que imaginei, confesso. Inclusive... A PRÓPRIA PINK RETUÍTOU

O COVER NA CONTA DELA! — gritei, animada, e ele ficou surpreso. A notícia ainda não tinha chegado aos ouvidos dele?

— CARALHO! Eu sempre soube. "Sempre" equivale a alguns meses, mas ainda assim. — Brincou. — Queria ter Twitter só para dar retuíte nisso.

Lá vinha aquele sorriso. Maldito, maldito, maldito. Só imaginar esse sorriso era o suficiente para eu querer beijá-lo.

— Mais uma vez obrigada por insistir e pelo apoio.

Tinha vezes que o charme dele me deixava nervosa e sem jeito. Chegava a dar uma pontinha de raiva como ele conseguia me abalar com apenas um gesto, mas era inevitável.

— Ei, olha só. Depois da prova eu queria dar um pulo no Dino's Burger, tá a fim?

— Caramba, numa segunda-feira você já tá assim?! — Franzi a testa. — Acho que vou pra casa, preciso passar a matéria da prova de amanhã a limpo ainda. E tentar responder os comentários no vídeo! — Me empolguei ao lembrar dos mais de quinhentos comentários deixados lá.

— Precisava ser hoje mesmo. É que é meu aniversário — disse ele, como se estivesse dizendo que está indo ao mercado comprar leite.

COMO ASSIM?

— Oi? POR QUE VOCÊ NÃO DISSE ANTES? Vamos comprar um bolo e chapeuzinho de festa! — Tentei conter a animação, mas estava quase gritando. Simplesmente amava aniversários!

— Meh. Eu nem gosto de comemorar, por isso não falei nada pra ninguém. Por mim passaria em branco, mas acho que o seu sucesso também merece um brinde — confessou, e fiquei boquiaberta.

— Passar em branco, JAMAIS! Hoje é o seu dia, John! Fala sério! Pena que você é geminiano, mas, por outro lado, isso explica muita coisa. Você tinha que ter algum defeito. — Somente alguns segundos depois eu me dei conta do que acabara de falar. *Por que essa boca grande, Lola?*

— Bom saber que, pra você, meu único defeito é esse. Mas é sinal de que precisa me conhecer melhor! — disse ele, rindo, e eu também ri.

A cada dia que passava eu tinha mais certeza de que a risada dele era contagiante como um bocejo.

— Está decidido, vamos lá depois da prova e pode deixar que eu chamo o resto da cambada — falei, abrindo a porta para sair do carro.

— Certo. Mas nada de balões, bolo, nem nada de aniversário, por favor. — Ele juntou as mãos, implorando.

Eu assenti, revirando os olhos.

A prova estava mais fácil do que eu imaginava, por incrível que parecesse. Estudei bastante, mas, quando se tratava de Química, eu podia estudar por dias seguidos que na hora da prova tudo parecia sumir da minha mente. Dessa vez, os cálculos batiam de primeira com as opções de múltipla escolha e até as questões discursivas fluíram bem. Ariel e Melissa já haviam terminado e provavelmente estavam nos esperando no Dino's Burger, já que o restaurante ficava a um quarteirão do colégio. Depois de revisar bastante todas as questões e alternativas, me levantei e entreguei a prova, e o professor sorriu para mim. Olhei para a mesa de John antes de sair, mas ele não estava mais lá. Como não notei ele saindo?

Caminhei até meu armário para guardar os livros e dei uma olhada no pequeno espelho que tinha na porta, aproveitando para retocar o batom, quando o toque de uma nova mensagem chamou minha atenção.

[11:01] Leo: Hoje passei em frente ao nosso lugar. Saudades, Lo.

Reli a mensagem duas vezes e senti o coração amolecer um tantinho. Imaginava que estava sendo difícil para ele voltar à rotina de solteiro, porque, no fundo, ele era carente. Mas achava melhor não responder, para não dar falsas esperanças. Ao fechar o armário, dei de cara com John vindo até mim. Nesse instante, várias coisas passaram por minha cabeça: que tal dar um presente para ele? Como o cabelo dele balança de um jeito lindo quando ele anda. Quando seria a próxima vez que iríamos nos pegar? Ahn, felizmente ele chegou antes que eu pudesse desenvolver mais algum pensamento. Não falamos nada, só sorrimos, e todo meu estômago se contorceu quando ele semicerrou os olhos e encarou minha boca. *Deus, estávamos no colégio, afaste esses pensamentos de mim!* Ele apontou para a saída, e eu concordei, claro. Precisávamos ir embora dali o quanto antes, o pessoal estava esperando e meus pensamentos impuros estavam me deixando até envergonhada. Eu, Lola, envergonhada... pois é.

Fomos em silêncio, exceto quando ele cumprimentou a Beca no portão e ela desejou feliz aniversário. Como ela sabia? Eu também não fazia ideia.

Chegamos ao Dino's Burger e, obviamente, não me surpreendi com a recepção dos atentados.

— PA-RA-BÉNS! HAPPY BIIIRTHDAY TO YOU, HAPPY BIRTHDAY TO YOU, HAPPY BIRTHDAY DEAR JO-OHN, HAPPY BIRTHDAY TO YOU!

O coro parecia muito bem ensaiado, por sinal. Arregalei os olhos e tapei a boca, que estava aberta, diga-se de passagem. John ficou imóvel na frente da mesa, sem reação. Não sei se ele estava com vergonha ou muito bravo com aquele escândalo todo, mas decidi, de súbito, abraçá-lo. Agarrei-o com força e dei beijinhos no rosto dele, desejando felicidades. Ele colocou as mãos na minha cintura e eu pude ver um tímido sorriso se formando.

— Não mato vocês nesse exato momento porque eu seria deportado e nunca mais veria minha família brasileira.

Eu o soltei e me sentei ao lado de Anna. Todos gargalhamos e os meninos levantaram para falar com ele.

— Amiga, já pedi um hambúrguer de frango pra você! — Mel me avisou, fazendo sinal de joinha. Agradeci e demos um high-five.

— John, você come pra caramba, então pedi o especial da casa. Aliás, é de graça! Aniversariante não paga!

Diego comemorou e propôs um brinde.

— Ao canadense mais legal que conhecemos! — falei.

É claro que o maldito sorria de canto de boca

— AO NOSSO RYAN GOSLING! — Bruno levantou o copo também, fazendo todo mundo rir alto.

— Ao nosso Ryan Gosling!

— Essa é a primeira vez nos últimos cinco anos que comemoro um aniversário. Valeu, galera!

Eu estava desde cedo me perguntando por que ele tinha esse ranço com aniversários, mas não sabia se era um assunto delicado.

— No aniversário da Lola, em janeiro, fizemos o mesmo escândalo, mas num karaokê. Se você chama isso de algazarra, deveria ter visto o dela — lembrou Vinícius.

Foi minha primeira festa surpresa! Eu amei.

— Quem me dera já ter conhecido ela assim cedo... em janeiro eu estava mais em São Paulo do que aqui.

Parei de ouvir logo depois do "quem me dera". Que tiro inesperado foi aquele?

— Ah, verdade, ainda estava rolando o evento de League of Legends, né?! — perguntou Bruno, e John fez que sim.

— O melhor aniversário da Lola foi o do ano passado, na casa do Bruno. Eu ri demais naquele dia, a Anna teve que secar minhas lágrimas de tanto que ríamos! — contou Ariel, mas fiquei sem jeito.

Minhas lembranças não eram tão felizes.

— Teria sido o melhor se aquele idiota não tivesse aparecido bêbado duas horas depois — reclamou Bruno, como se quisesse encerrar o assunto.

Qual a necessidade de trazer isso à tona? Aff.

— Porra, será que dá pra mudar a pauta? — pedi, irritada.

— Eu só queria saber qual é a sobremesa do dia. — Vinícius cortou o climão, esticando-se para enxergar o que estava escrito no quadro-negro atrás do balcão.

— Acho que é petit gateau — disse Anna, encostando-se na cadeira.

Percebi que John não tirava os olhos de mim, mas não quis encará-lo. Talvez ele estivesse conferindo se eu ainda estava desconfortável por causa do assunto anterior, mas decidi ignorar. Não valia a pena. Preferia pensar no presente dele.

Depois de muita conversa sobre o clima de Curitiba, Ariel defendendo K-Pop aos berros, discussões sobre astrologia ser ou não verdade, a comida enfim chegou. E por mais que tenhamos conversado sobre milhões de coisas naquele meio-tempo, ainda assim parecia que estávamos juntos havia poucos minutos.

— Eu não consigo nem tomar água. Comi demais — afirmou Diego.

— Novidade!

Ele me mostrou o dedo do meio. Sorri e mandei um beijo.

— Lola, vamos postar o vídeo amanhã à noite, né?! — perguntou Bruno.

— Pode ser. A edição está dando muito trabalho? — questionei, ignorando o clima ruim de antes.

— Facinho. Nem tem o que cortar, você não errou, não gravou mais de uma vez, nada. Bizarro.

— Amanhã, então. — Pisquei para ele e recebi um joinha em resposta.

— Mel, vamos? — Vinícius levantou-se.

Eles nem disfarçavam mais, credo. Quando resolverem voltar, vai ser para casar de uma vez. Haja paciência.

— Sim! — Mel se despediu do pessoal.

Acenei para os dois e percebi que John novamente me olhava.

— Você vai pra casa?

— Se você me der uma carona, sim.

— Estou indo pra lá também, amiga. Se quiser, te levo! — Ariel se levantou e Anna a seguiu.

— Ei, não mesmo! O aniversariante sou eu, sai fora, Ari — brincou John, fazendo o pessoal gargalhar.

Dei de ombros, e Ariel revirou os olhos.

— Fica ligado, meu filho. Não tenho pena dessa sua carinha não — ameaçou ela, apontando para John.

Eu sorri e me despedi delas e dos dois meninos. John me acompanhou e, depois que paguei minha conta, seguimos para o estacionamento.

A melhor parte de andar de carro com ele era que o silêncio não parecia constrangedor. Esse era um dos sinais mais evidentes de intimidade, pelo menos para mim. O rádio estava desligado, as janelas, abertas, e ele dirigia para algum lugar que eu não fazia ideia de qual era. Nem me importava muito, para ser sincera. Fazia frio, mas o dia estava ensolarado, sem uma mísera nuvem no céu. Abri a bolsa e procurei meus óculos de sol. John continuou dirigindo e colocou a mão na minha coxa, sem dizer uma palavra. Eu o observei e ele seguia olhando para a frente, então segurei a mão dele e senti arrepios até em locais que nem imaginava que poderia sentir. Era como se ele ativasse meus instintos de uma vez só, principalmente aqueles que eu não fazia questão de mostrar para os outros. John, de alguma forma, tocava minha alma. E eu não conseguia fazer nada além de deixá-lo continuar.

Quando reconheci o lugar para onde estávamos indo, senti o coração apertado. Era uma espécie de mirante, perfeito para ver o pôr do sol, mas seria mais perfeito ainda se eu não tivesse ido lá pela primeira vez com o Leo. A pior coisa do fim de um relacionamento são as lembranças involuntárias que ficam na sua vida. Quer coisa pior do que associar uma música a alguém? Algumas músicas são maravilhosas, mas podem ser arruinadas por uma maldita lembrança. Eu detestava sentir isso, mas não tinha como fugir.

— Chegamos. Sempre quis vir aqui, mas não sozinho. Você foi a escolhida. — Virou-se para mim, sorrindo e apertando minha mão.

— Esse lugar é lindo. E o sol já vai se pôr! Vamos até o mirante, anda!

Saí do carro e corri para a calçada cheia de árvores. Na frente, nada além daquele céu maravilhoso e da cidade ainda mais linda. Curitiba tinha meu coração inteirinho.

— Que lindo!

Ele estava com uma das mãos no bolso da calça e o cabelo penteado para trás.

— Essa luz te favorece, viu?!

— Eu diria o mesmo para você, mas nem rola. Qualquer luz te favorece — falou baixinho, como sempre fazia quando me elogiava.

Ele fazia parecer que era simples se declarar para alguém. Abracei-o pelo pescoço.

— Queria te beijar, mas pra isso eu teria que fechar os olhos. E, se eu fechar os olhos, não vou ver o sol iluminar você. — Fiz charme.

— Que merda ter que tomar essa decisão, hein?! — Ele sorriu e, claro, o Carnaval em mim começou. — Estamos enfrentando o mesmo dilema. Mas esperar é pior.

— Sou fã de *Grey's Anatomy*, você acha que gosto da ideia de esperar para dizer ou fazer algo?

Então o beijei. Os lábios dele eram macios, o que deixava tudo ainda melhor. Ele abraçou minha cintura e me puxou. Nosso corpo e nossa boca estavam grudados, e gemi baixinho. A sensação de que estava acontecendo um festival de fogos de artifício no meu corpo era tão real quanto a vontade que eu sentia de arrancar as roupas dele ali mesmo. Ficava cada vez mais difícil ficar só nos beijos com ele. John acariciou minhas costas e, ao chegar nos meus cabelos, puxou-os um pouco para trás, deixando meu pescoço livre para os beijinhos que vieram a seguir. Eu estava ofegante. Ok, definitivamente precisávamos sair dali. Imediatamente.

— Vamos para o seu apartamento? — sugeri.

Sua expressão de surpresa dele me fez sorrir maliciosamente.

— Tem certeza? — perguntou, colocando uma mecha para trás da minha orelha.

— Tenho que dar o seu presente — afirmei, arqueando a sobrancelha.

Ele imediatamente se dirigiu ao carro, afoito. E eu morri de rir.

— Entra logo, pelo amor de Deus!

Finalmente ia voltar à casa dele... e finalmente ia voltar a sentir o que só ele tinha conseguido me fazer sentir. A única coisa que meu resquício de sanidade me lembrou de fazer foi mandar uma mensagem para minha mãe, avisando que eu estava com ele e que ia chegar tarde em casa.

Eu estava ansiosa para ver onde ele morava, o quarto, a decoração... a casa das pessoas diz muito sobre elas. Meu único receio era acabar gostando ainda mais dele.

É só amizade, Lola, pensei, quando ele apertou a minha mão e depois colocou a dele entre minhas coxas.

Merda.

Não me lembro bem como chegamos ao sétimo andar, só sei que no exato momento que entramos no apartamento, já estávamos praticamente sem roupa. John me levou no colo para o quarto e, quando me jogou na cama, eu soube que, dessa vez, o sexo seria diferente. Ele começou a beijar minha barriga, descendo pela cintura, até chegar ao meio das minhas pernas e me lamber. Meu corpo todo se contorceu. Curvei para trás e implorei por mais, agarrando seus cabelos. Então John colocou a mão no meu peito e acariciou o bico, ainda me lambendo. Gemi alto uma, duas, três vezes e admirei sua habilidade com a língua. Sinceramente, de onde esse cara surgiu? Socorro!

Depois de ter um dos melhores orgasmos da minha vida, eu o puxei pelos cabelos e o beijei. Nosso beijo exalava tesão e desejo. Ele me segurou pelas costas e me pegou no colo, sem parar de me beijar, e eu senti sua ereção. Só consegui pensar que queria ele dentro de mim logo. Rebolei no colo dele e lambi o pescoço, depois sussurrei no ouvido dele *fuck me*. Não sei como tive coragem nem se soaria sexy ou ridículo, mas a resposta foi perfeita. A resposta que eu esperava.

— Caralho — murmurou, enquanto me jogava na cama e colocava, desesperado, a camisinha.

Fechei os olhos e, segundos depois, o ouvi gemer ao mesmo tempo que senti ele dentro de mim.

Todas as três vezes que transamos foram muito diferentes, e mais brutas. Duas na cama e uma no tapete, que mais parecia um colchonete de tão macio. Foi exatamente como eu queria desde que me convidei para lá. Eu não queria que ele fosse gentil como da última vez, e ele parecia ciente disso, mas nada precisou ser dito além de olhares insaciáveis trocados desde o momento que deitamos e quase fundimos nosso corpo um no outro, tamanho desejo. E, assim como ele, que sabia com precisão o que eu queria e precisava no momento, eu tive vontade de descobrir tudo sobre ele e acertar também. Será que eu o satisfazia da mesma forma? Aliás, será que ele agia assim naturalmente ou planejava como seriam as coisas antes? E por que diabos com ele eu ficava tão à vontade? Eu me lembro de morrer de vergonha de ficar pelada na frente do Leo nas primeiras vezes. Com o John, nas preliminares eu já tinha esquecido quem era e meu nome.

Ele desabou na cama, tão ofegante quanto eu. Parecíamos estar disputando quem consumia mais oxigênio. Eu olhava o teto, mas percebi que ele estava virado para mim, então dei um sorriso tímido. Ele levantou-se, apoiado no braço, em cima de mim. Sem dizer uma palavra, me deu um selinho e continuou beijando de leve meu pescoço e colo, levantando-se em seguida. Ele era ainda mais gato assim, hum, ao natural. Puta que pariu, aquelas tatuagens me faziam perder a noção.

— *Best. Fucking. Gift* — disse, pausadamente, indo para o banheiro.

Meu Deus, que sexy falando em inglês.

— Mas você ainda não recebeu nem metade do presente — respondi, prendendo o riso.

— QUÊ? Você quer me matar?

— Brincadeirinha. Vamos pedir pizza?

Ele levantou os braços, agradecendo e entrando no banheiro.

O quarto era relativamente grande, perdendo apenas para a cozinha. Dessa vez, estava lúcida e notei que as paredes eram de um azul bem claro, quase cinza, uma cor fria, mas aconchegante. Ao lado da porta, uma estante cheia de jogos de tabuleiro e livros de suspense, como Stephen King e Sidney Sheldon. O espelho ao lado da estante refletia o armário todo preto que ficava encostado na parede, apenas com o puxador cinza da porta destoando do resto do móvel. Havia uma escrivaninha exatamente da altura da janela, por isso imaginei que ele deveria passar noites jogando e observando a quietude da cidade, assim como eu gostava de fazer quando estava ensaiando.

Tudo no quarto dele cheirava a madeira, misturado com o maldito perfume impregnado no carro do primo. As molduras na parede eram de madeira e me perguntei se tinha sido ele que fez, já que pareciam novas e muito bem-cuidadas. Os jogos deveriam ser do dono do apartamento, mas poderiam muito bem ser de John se ele morasse aqui houvesse mais tempo. Minha análise do quarto foi interrompida quando me dei conta de que já era tarde, e o grupo deveria estar surtando atrás de notícias minhas.

[18:33] Ariel: Lola não veio de carona comigo e não apareceu até agora. Alguma dúvida de que ela deve estar "dando" o presente do gringo?

[18:35] Mel: BERREI MUITO ALTO COM ESSA MENSAGEM, SOCORRO

[19:00] Anna: só li verdades.

[21:02] Mel: Gostaria de agradecer aos céus, Jah, Jeová, Iemanjá, Buda e qualquer outra divindade desse mundo: finalmente ficamos! Foi estranho, mas foi bom :S

[21:04] Ariel: Pai amado, precisamos de uma vídeo call AGORA. Por que foi estranho?

[21:04] Anna: meu ship, ninguém sai.

[21:05] Mel: Porque eu queria isso há tanto tempo... sei lá. No fundo nem achava mais que ia acontecer, pensei que seria só amizade mesmo. Ou até o dia que eu visse ele com outra, Deus me livre.

[21:05] Ariel: Você é muito idiota, Melissa HAHAHAHAHA

[21:08] Mel: Só sou romântica!

[21:08] Anna: é a mesma coisa. :P

[21:08] Mel: Vsf, demônias!

[22:32] Lola: Boa noite, grupo

[22:33] Ariel: PRONTO, CHEGOU A CARA DE PAU

[22:33] Lola: To no apê dele. Atacada, porém por fora estou contida

[22:34] Anna: MEEEEU DEUS

[22:34] Mel: Caralho, vocês já tão namorando?

[22:34] Ariel: A Mel é muito inocente pra esse grupo, cara

[22:34] Ariel: No momento eles estão no status TRANSANDO, amiga. Amanhã só Deus sabe

[22:35] Mel: Vocês são loucas, nem imagino transar sem namorar

[22:36] Lola: Credo. Nem imagino namorar sem transar antes, isso sim

[22:36] Anna: Lola, minha filha, deixa eu te informar um negócio: você tá bem apaixonadinha por ele. é um passo para o namoro.

[22:36] Lola: Nem é, amiga. Estamos esclarecidos quanto a isso, e vocês sabem que eu não quero nada por agora. Gosto dele, da companhia, do sexo... Tá ótimo por enquanto

[22:37] Ariel: Nunca fica só nisso, pelo menos nunca vi

[22:37] Lola: Pra tudo se tem a primeira vez

[22:38] Lola: Ele tá vindo! Depois conto as coisas pra vocês, bye

Ele me emprestou uma camisa. Era duas vezes o meu tamanho, então parecia mais uma túnica.

— Vou mandar mensagem para o cara da pizzaria. Algum sabor específico?

— Todos. A gente podia ver um filme, né? O clima tá mó bom, esse friozinho praticamente pede um bom suspense psicológico pra desgraçar a cabeça.

— Eu topo! Vamos pra sala, vem. — Levantou-se, me puxou e me deu um selinho antes de irmos.

Seria essa a melhor forma de terminar uma segunda-feira? Provavelmente sim.

07

DON'T WAIT

Mapei

◀◀ ◀ ▮▮ ▶ ▶▶

Quando a semana passa rápido, é sinal de que ou você fez muita coisa e se sentiu produtivo ou coisas boas aconteceram e fizeram as horas parecerem minutos. No meu caso, arriscava dizer que foi um pouquinho dos dois. Já era sexta-feira e eu poderia citar pelo menos cinco coisas incríveis que tinham acontecido na semana, me deixando muito feliz.

1. O segundo vídeo do canal estava fazendo ainda mais sucesso. Toda vez que eu pensava nisso, parecia mentira. Mas não era. Em menos de 48 horas, o cover de "Hurricane" chegou a cem mil visualizações! Meu Twitter e Instagram dobraram o número de seguidores, as pessoas estavam realmente me PEDINDO para postar mais. Cara, quão incrível era isso?

2. Meu professor de canto assistiu aos vídeos e me mandou um texto lindo, elogiando minha dedicação e paixão pela música. Quase chorei lendo.

3. Nina se apresentou ontem com a escolinha de balé e simplesmente brilhou. A leveza que tinha nos movimentos era o diferencial dessa pequetita. Senti orgulho da cabeça aos pés.

4. Eu e John dormimos juntos. Digo, dormimos mesmo. Não só no dia do aniversário dele, mas ontem também. E, de fato, ontem só dormimos. Não sei lidar com o desenrolar dessa história, mas estou feliz.

5. As provas acabaram! A próxima semana será a última que antecede as férias e eu estava absurdamente ansiosa, meu Deus!

As meninas já estavam combinando de ir à festa de encerramento do semestre, também na NeonMix, onde foi a festa de abertura. Dessa vez, não só queria ir como fazia questão de chegar mais cedo e aproveitar mais. Estava com saudade de sair para dançar a noite inteira, e essa festa já estava reservada unicamente para eu saciar essa vontade.

Mantendo a tradição pós-provas, Bruno nos convidou para comer fondue na casa dele e, de repente, fondue era tudo de que eu precisava nessa vida. Fazia quanto tempo que eu não comia essa maravilha criada por pessoas extremamente abençoadas, que já garantiram seus lugares no céu? Sou apaixonada por doce, e fondue de chocolate era uma maravilha mais saborosa ainda. Eu, Mel e Anna fomos de carro com Ariel, todas quietas durante todo o trajeto, ouvindo Mel contar quanto ainda era apaixonada por Vinícius, como se nenhuma de nós soubesse disso — ou como se ela fizesse alguma questão de esconder. Na verdade, admiro muito como ela não se preocupa em evitar ou disfarçar os sentimentos. Ela é assim desde que a conheço e não teve decepção que a tivesse feito mudar. Quisera eu um dia agir tão naturalmente diante dos calafrios e carnavais-no-estômago que a tensão sexual entre mim e o dito-cujo me proporcionava. Não a evitava, mas também não sabia me entregar completamente que nem a Mel. Talvez um dia eu aprendesse.

— Alguém pode me dizer por que caralhos o Diego achou que era uma boa ideia comprar COCO RALADO?! — reclamou Bruno, gesticulando exageradamente. — Pra colocar no fondue de chocolate? — Mal havíamos pisado na casa e Bruno já estava indignado com as decisões de Diego.

— Cara, coco ralado é vida! — respondeu o amigo, dando de ombros.

Olhei para John, que estava no sofá com uma expressão de desespero.

— VADE RETRO, SATANÁS! Coco é uma invenção do diabo, ô coisa ruim! — Ariel se meteu na nossa frente para opinar.

Vinícius, Mel e eu gargalhamos.

— OBRIGADO, ARI. — Bruno abraçou-a.

— Faz assim, Diego: despeja um punhado de coco ralado no seu prato e, quando você for comer, arrasta a fruta no coco. O chocolate vai fazer ele grudar e ninguém mais vai precisar comer, ainda sobra — sugeri, passando por eles com as sacolas de compras e deixando-as na bancada da pia da cozinha.

— Mal chegou e já encerrou essa discussão chata dos dois marmanjos. Obrigado, Lola — resmungou John no sofá, fazendo menção que eu me sentasse ao seu lado.

E claro que foi o que eu fiz.

— Ah, pronto. Puxa-saco pra caramba, você estava até agora indignado, falando que ela gostava de pizza de alho e óleo. Viu, brother? Cuidado com o gringo! — Bruno estava com as mãos na cintura, apontando para John.

Fingi estar surpresa e dei um tapinha de leve no braço dele.

— DEDO-DURO! — gritou Vinícius.

— Você tá parecendo aqueles vizinhos fofoqueiros, Bruno — afirmou John, rindo — E, linda, eu só falei que é UM POUQUINHO. — Ele fez com os dedos também para dar ênfase. — Estranho alguém gostar de pizza de alho e óleo, mas tudo bem.

Não sei como nem por que ele resolveu me chamar de linda na frente de todo mundo, como se estivesse no meio de um diálogo normal. Os elogios sempre soam tão naturais que ficava quase impossível não se surpreender. Ou querer mais.

— Chamou de linda, meninas! — Anna olhou para Melissa e Ariel. — Já podemos declarar que é um caso perdido!

— Pizza de alho e óleo é maravilhosa. — Ignorei a provocação delas e a única coisa que consegui responder foi essa frase bizarra.

Nunca fui mulher de ficar sem palavras, mas estava sendo frequente nos últimos meses.

— Como você mesma disse, ninguém é perfeito. — Ridículo. — Depois quero falar com você — sussurrou John, no meu ouvido.

— Algo importante? — perguntei, preocupada.

Ele fez que não. Aff, qual a necessidade de avisar com antecedência que quer conversar? Por que simplesmente não esperou um momento a sós e falou de uma vez? Estava fazendo joguinho, só podia.

— Ari, a festa de encerramento do semestre é sábado ou sexta?

— Sábado! Aliás, todo mundo aqui vai, né?! — perguntou ela, e, quando não houve contestações, comemorou com pulinhos.

— Acho que me ferrei em Física. Se não passar direto, provavelmente não vou conseguir ir à festa, galerinha — falou Diego, cabisbaixo.

— Relaxa, já te disse que você foi bem. Caiu boa parte do que estudamos juntos, acho difícil você tirar nota mais baixa que a média. Para de dramalhão, otário! — Vinícius deu um tapinha no ombro de Diego e arrancou um sorriso dele.

— Acho que em recuperação eu não fico, a semana foi mais tranquila do que eu imaginava — confessou Mel, enquanto procurava um filme para vermos mais tarde na Netflix.

— Melissa passando direto, que novidade, senhoras e senhores! — ironizou Anna, e arrancou risadas dos demais.

Preciso frisar que Anna estava mais bonita do que de costume. Tinha um corpão, era alta, a pele negra e, nos últimos anos, estava deixando o cabelo crescer sem química de alisamentos. De fato, tinha sido a melhor decisão que poderia ter tomado. Nunca esteve tão maravilhosa, o black power a deixou ainda mais iluminada.

— Pior que concordo com a Mel. A semana foi muito tranquila comparada com o começo do semestre. Na verdade, foi uma das melhores semanas do ano!

— Só porque você tá cada vez mais famosa, né, querida?! — brincou Ariel, e eu dei língua para ela. — Mel, abre o vídeo aí e vê com quantas visualizações estamos!

Palavras não descreviam quanto eu amava quando Ariel se referia a nós como se fôssemos uma pessoa só.

Me sentia acolhida de alguma forma bem estranha, mas real.

— OLHA ISSO! — gritou John e apontou para a televisão, me dando um susto do cacete.

— EU OUVI DUZENTOS E DEZ MIL? Sim! — Bruno pulou no sofá.

Gente, O QUE ERA A VIDA NAQUELE EXATO MOMENTO?

— Caraca, não acredito nisso! — Tapei a boca, incrédula. John me abraçou e deu um beijo no meu ombro, como se estivesse deixando claro que aquele momento ali era real.

Mal sabia ele que, fazendo isso, só tornava tudo ainda mais utópico.

— Mais de mil comentários! Estamos a um passo da fama, daqui a pouco a Lola vai para a TV e nós estaremos igual àqueles pais orgulhosos, babando pelo filho e falando do talento dele pra todo mundo — afirmou Diego, fazendo nossas gargalhadas tomarem conta do ambiente.

Bobo!

— Hoje de manhã o Instagram da Lola já estava com quase trinta mil seguidores! — Anna também estava empolgada.

— Imagina só. A Lola é a cara dessas meninas que brotam do Tumblr e fazem o maior sucesso no insta.

Posta umas fotos comigo pra eu ganhar uns seguidores, diaba! — Ariel bateu palmas.

— Como vocês são idiotas, Jesus amado! — exclamei, cruzando as pernas. — Eu tô superansiosa pra gravarmos os próximos!

— Segunda-feira a gente grava! — confirmou Bruno, e eu assenti, feliz.

Pela primeira vez, eu sentia que estava exatamente onde deveria e queria.

— Vou começar a derreter os chocolates! Alguém se habilita a picar as frutas? — questionou Mel.

— Eu me voluntario! — dramatizei, imitando a Katniss de *Jogos Vorazes* e fazendo todo mundo rir.

— Eu faço o de queijo! Modéstia à parte, tenho um ingrediente secreto que faz as pessoas se apaixonarem — John deu de ombros, e eu precisei pensar duas vezes para saber se ele estava falando da comida ou de si mesmo.

A que ponto cheguei, gente?

— Conta outra, gringo! — disse Vinícius, descrente.

— Vamos assistir a esse thriller espanhol, gente? O nome é *Contratempo*, alguém já viu? — perguntou Mel e todos negaram. — Então está escolhido!

Eu e meus amigos comemos tanto que até para falar era um esforço. Nossas reuniões sempre se resumiam a comida, impressionante. Depois do fondue, nos jogamos nos sofás da sala e por lá ficamos. John e eu tomamos conta de um cobertorzinho e assistimos ao filme juntos, com o maldito me fazendo carinho na coxa o tempo inteiro. Foi bem difícil continuar prestando atenção e não convidar ele para dar o fora dali, mas fui forte. Melissa e Vinícius dormiram nos primeiros trinta minutos e eu só queria saber como eles conseguiram essa proeza, pois a história do thriller prendia demais. Ariel, Anna, Bruno e Diego estavam amontoados no sofá maior e Bruno não calou a boca durante o filme inteirinho, teorizando sobre o assassino e todo o desenrolar da história. Já estávamos acostumados, mas John ficou indignado com nosso poder de simplesmente ignorar a tagarelice dele.

— Vamos ver outro? Esse foi muito foda! — Bruno se empolgou enquanto os créditos rolavam na tela.

— Se você não ficar narrando o filme todo de novo, eu topo — retrucou John, fazendo os meninos rirem alto.

Olhei pra Ariel e demos de ombros.

— Vai se ferrar, gringo! Não esquece que a melhor amiga é minha antes de ser sua namoradinha, viu?! — respondeu Bruno, e eu levantei o dedo para ele ficar quieto.

— Me deixa fora dessa. E não sou namoradinha de ninguém. — Franzi a testa e me ajeitei no sofá.

Que coisa chata isso de colocar meu relacionamento com o John em pauta.

— Nossa, demorou pra você reclamar! Se fosse eu, Mel ou Anna brincando, já teríamos levado uns tapas na cara. — Ariel exagerou, gesticulando com as mãos.

— Até parece! — Semicerrei os olhos, e ela deu uma piscadinha.

— Então, o segundo filme... — John quis encerrar o assunto.

— Vamos ver alguma comédia, pelo amor de Deus, foi muita tensão! — resmungou Anna, sonolenta.

Eu e Diego concordamos.

— Tem um na minha lista! *Não aceitamos devoluções* é o nome e tá super bem falado lá fora, que tal? — sugeriu Bruno.

— Por mim, pode ser! — Coloquei os pés no sofá e me acomodei melhor, quase apoiando as pernas nas do John.

— Dá play aí, Anna! — pediu Diego, e lá fomos nós para o segundo filme da noite.

Ainda não tinha nem chegado na metade e Ariel já se afogava num mar de lágrimas, deixando Anna até preocupada. Nós sabíamos que Ariel era sensível, mas ela nunca demonstrava, pelo contrário: sempre passava uma imagem durona. E quando desmoronava assim na frente dos outros, todos ficavam preocupados. O negócio era que ela não sabia agir de outra maneira: sempre sentia de todo o coração. Essa era, com certeza, sua maior característica. Ariel tinha o superpoder da empatia, se envolvia muito com as questões do outro e, às vezes, não sabia lidar com isso, então transbordava. E eu não tinha palavras para dizer quanto admirava isso. Para mim, a empatia é uma das maiores qualidades do ser humano.

— Quem foi o desgraçado que colocou esse filme na sessão de comédia? — John estava levemente indignado.

— Ah, gente, tem umas partes tristes e outras engraçadinhas. Eu amei!

— Diz isso para as olheiras que vão surgir no meu rosto de tanto chorar com essa merda! — exclamou Ariel, secando as lágrimas, recebendo cafuné de Anna.

— Achei mais ou menos. A atuação da criança salvou o filme. — Bruno foi para o banheiro.

Diego estava dormindo e eu nem tinha reparado.

— O que você queria falar comigo? — sussurrei, me virando para John.

Ele passou a mão nos cabelos, jogando-os para trás e aparentou estar um pouco nervoso com a pergunta. Ergui a sobrancelha.

— Vamos ali na sala de estar? — convidou, estendendo a mão para mim.

Fomos em silêncio até lá.

John estava de calça preta e justa, coturnos marrons, blusa preta e uma jaqueta grande e também preta por cima, aparentemente de couro. Eu gostaria imensamente de saber por que ele usa tanto preto.

— Só quero esclarecer uma situação, antes que isso chegue a você. — Franzi a testa, atenta e um pouco angustiada. — A Beca e eu continuamos nos falando por um tempinho, como amigos mesmo, depois de não ter rolado nada mais. Você sabe disso, né?! Então, dois dias depois do meu aniversário, ela me mandou uma mensagem falando de você. Me perguntando se eu sabia com quem estava me envolvendo e mais um monte de coisa estranha.

— Quê? — Cruzei os braços. — Eu nem sou amiga dela. Beca não sabe nada da minha vida. E também nunca fiz nada que dê motivo para ela sair falando qualquer coisa de mim por aí.

— Escuta. Joguei verde, perguntei do que ela estava falando e ela não quis falar nada porque "não fazia fofoca". Como se já não tivesse feito... Eu não dei papo, falei de outras coisas e ela não tocou mais no assunto, mas queria te deixar ciente de que essa menina tem algum problema com você e eu não sei qual é.

— Não faço ideia também. O que ela talvez saiba deve ser pela boca do Leo, mas duvido de que ele falaria algo ruim de mim. Será que eles voltaram a se falar? Vi os dois conversando algumas vezes depois que terminamos. Eles tiveram um casinho, no passado, bem antes de começarmos a namorar. Talvez ele tenha reclamado sobre o término, mas não de mim como pessoa, eu pelo menos jamais faria algo para prejudicá-lo ou falaria mal pelas costas. Isso é criancice, credo — desabafei enquanto ele me observava com atenção, me deixando levemente desconcertada.

— Tudo bem, linda, mas não pode esperar que ele aja da mesma maneira que você agiria. Não estou nem dizendo que ele tem culpa nessa história, mas no geral mesmo. As pessoas agem como convêm, na maioria das vezes.

— Daí o problema já não é mais meu.

— Falando nisso, o que aconteceu no seu aniversário passado? Desde aquele dia fiquei curioso, mas não sei se você se sente à vontade de contar.

— Não gosto de falar sobre isso, mas para você, tudo bem. Resumindo, o Leo chegou atrasado, bêbado e reclamando que eu só tinha tempo para meus amigos, e não para ele. Nessa época já estávamos em crise, então para mim foi um aviso da vida, me fazendo acordar e finalmente colocar um ponto final. Naquela noite, eu só me lembro de ter ouvido "The Moment I Knew", da Taylor Swift, madrugada adentro, enquanto chorava copiosamente por pensar que nunca mais acharia alguém que fosse me tratar tão bem. Eu estava cega e acomodada, hoje penso em quão idiota fui de cogitar isso.

— Esse cara parece ser um babaca. Sei lá, só fazia merda com seus amigos.

— Não. Isso foi mais no final. Antes era tudo maravilhoso. Ele se dava muito com o pessoal, só que as coisas foram tomando outro rumo e percebemos que simplesmente não era pra ser. É importante saber abrir mão das coisas que não te servem mais.

— Concordo plenamente. Sobre as coisas, não sobre o cara, que fique claro. — Ele riu, e dei língua.

— Ah, eu também queria perguntar um negocinho. Como a Beca sabia do seu aniversário? — Inclinei a cabeça, encarando-o.

— A gente conversou sobre isso quando nos conhecemos. Era aniversário dela. — John foi sucinto. — Aliás, me surpreendi por ela ter lembrado o meu.

— Ah, entendi. Vamos entrar de novo? — perguntei, já me virando na direção da sala de TV.

Ele me seguiu, segurando minha mão e entrelaçando os dedos nos meus. Um pequeno carro alegórico havia entrado no desfile de carnaval.

Qual não foi minha surpresa ao ver todo mundo dormindo, com exceção da Anna, que jogava um joguinho sem graça e com musiquinha irritante no celular? Nenhuma. Por que essa gente é tão viciada em dormir? Olha o tanto de tempo que perdemos!

— GENTE, ACORDA! JÁ ESTÁ TARDE! — gritei, subindo na mesinha de centro e deixando Melissa desnorteada, Vinícius assustado e os demais se espreguiçando.

— Vá para o inferno, Lola! — Ariel jogou uma almofada em mim, que desviei.

— Vem comigo, meu amor. Chega de dormir! — brinquei, me jogando no colo dela e abraçando-a.

Anna se juntou a nós.

— Você já vai agora, Mel? Te deixo em casa — ofereceu Vinícius e, obviamente, Melissa nem ao menos disfarçou a felicidade.

Só eu e as meninas sabíamos como ela era imensamente apaixonada por ele, e saber que os dois estavam se acertando era reconfortante. Todo mundo erra, ninguém era passível de falhas e a melhor forma de demonstrar arrependimento era mudando as atitudes. Mel fez isso e mais um pouco: foi paciente, serena e se encaixou novamente no universo dele, diante disso, ele não conseguiu deixar o sentimento de lado.

— Eu e a Anna estamos indo também. Ainda temos que fazer sobremesa para o almoço de família de amanhã, uhu... — contou Ariel, fingindo empolgação e me fazendo rir. — Você quer carona, peste?

— Acho que sim. Quero ir mais cedo pra casa hoje e aproveitar a Nininha, cantar um pouco também e tal... Bora?!

As duas assentiram e foram se despedir dos meninos enquanto fui falar com John.

— Até mais tarde! — disse ele, me puxando para um selinho totalmente inesperado e na frente dos outros.

Senti um misto de nervosismo e receio. Achava muito fofo ele demonstrar numa boa quando queria algo, inclusive faltava um pouco disso em mim quando estávamos com nossos amigos. Sempre preferia que as demonstrações de afeto ficassem guardadas para a nossa intimidade. Mas, daquela vez, acariciei o maxilar dele e dei outro beijinho.

— Até.

Me afastei e sorri, acenando para os outros garotos e mandando um beijo para Bruno, que me olhava com os olhos semicerrados. Fujam de um melhor amigo ciumento!

* * *

Cheguei em casa e Nina veio imediatamente correndo, me dando infinitos beijinhos e dizendo que estava morrendo de saudade. Como lidar com um chamego desses?! Toda vez que chegava em casa e via essa preciosidade, pensava em quão grata eu era pela vida ter cruzado nossos caminhos e ter trazido Nina para nós. Não gosto de imaginar onde ela poderia estar se não estivesse ali, segura no meu abraço, sob a proteção da nossa mãe.

— Mana, terminei de ler *Harry Potter e a Pedra filosofal*! Você não tem o segundo livro? Eu adorei! Sou a Hermione, porque ela gosta de estudar e tem cabelo crespo, igual ao meu! — contou, radiante com a melhor história de fantasia do mundo.

Que saudade absurda de quando li os livros pela primeira vez!

— A mana tem, sim. Tenho todos os livros, Nininha. Em breve você vai virar uma *potterhead* também, tenho certeza. — Pisquei para ela, colocando-a no chão.

— O que é isso?

— Hum... é assim que chamamos os fãs de Harry Potter!

— Então eu já sou uma dessa... *pó... popóred* — retrucou, confusa.

Eu sorri e tasquei-lhe um beijo na bochecha.

— Você é minha *potterhead* favorita. Cadê a mamãe?

— Banho de banheira. Primeiro fui eu, daí agora foi ela. Fiquei lendo, mas daí o livro acabou e tive que ficar assistindo ao jornal antes de fazer os deveres.

— Tem muito dever de casa? Quer ajuda? — Olhei para baixo para encará-la.

— Não, mana. Eu tirei dez na prova! É fácil! AH! Eu mostrei seu vídeo para a Luana e os irmãos dela, todos eles disseram que querem ir ao seu show um dia! — exclamou, falando rápido, tamanha empolgação.

— Imagina que legal se um dia eu estiver fazendo shows, mana? Você vai ser minha bailarina? — Semicerrei os olhos e a encarei, colocando as mãos na cintura.

— SIIIIIIM! — Ela deu pulinhos de alegria e fez alguns passos aleatórios de balé.

Gargalhei com essa espevitada, acompanhando-a nos passos. Com a diferença de que ela fez certo.

— A bonita deu as caras, então? — Dona Lisa apareceu na ponta da escada de roupão, no maior charme, descendo para me cumprimentar. Parecia até cena de filme. Tinha uma mãe muito gata!

— Oi, mamãezinha! Não entendi o motivo dessa ironia sua. Estou sempre aqui! — falei, com um sorriso angelical.

Minha mãe revirou os olhos.

— Lola só quer saber do canadense bonitão, viu?!

— Eu nem te contei do apartamento, mãe! É tão a cara dele. Lembra aquilo que a gente conversava sobre o lar dizer muito sobre as pessoas? Pelo cantinho da pessoa dá para saber coisas que a gente nunca poderia notar apenas com uma conversa... Então. Só pensava nisso o tempo inteiro, principalmente quando olhava os infinitos jogos na estante. Tinha até Uno! Não sei como ele tem tantos assim, se está aqui há pouco tempo, talvez já estivessem no apartamento, eram todos do proprietário...

— Lola, por Deus, me diz que você está usando camisinha!

Minha mãe e a sua habilidade de me dar um susto mudando de assunto no minuto que Nina sai do recinto. Eu nem tinha percebido e achei que ela tivesse falado isso na frente da minha irmã.

— Relaxa, mãe. Usamos, em todas as vezes. Eu cresci ouvindo você falar pra mim sobre sexo seguro, não precisa ficar encucada com essas coisas. Ele faz questão também, na verdade.

Não existia assunto no mundo que fosse constrangedor entre nós duas. Ainda bem.

— Eu sei disso, mas é sempre bom lembrar os perigos de uma relação desprotegida! É meu dever. — Eu entendia a preocupação. — Você e ele, afinal, estão como? Namorando? — Ah, claro que a pergunta viria.

— Não, mãe! Eu não quero namorar. Não mesmo, já falei pra você sobre isso.

— Você me falou isso há alguns meses, quando estava começando esse "lance" — gesticulou aspas —, e na época o seu olho não brilhava dessa forma aí — apontou para meu rosto — quando tocávamos no nome dele.

— Não inventa coisa, mãe! — Foi a primeira frase que pensei em responder.

— Você está apaixonada — afirmou, com convicção.

— Mãe, na boa, vamos supor que eu esteja mesmo.

Sigo não querendo namorar. Não existe uma regra que obrigada as pessoas a namorar só porque está apaixonada. Tá tudo ótimo assim, estamos nos conhecendo melhor, ele me faz sentir coisas loucas e é uma ótima companhia. Vou te poupar dos detalhes íntimos — brinquei, mordendo o lábio e sorrindo.

— Para você estar desse jeito, ruim de cama ele não é. — O susto me fez levar a mão à boca, contendo o riso. — Mas, falando sério, vamos fazer um teste. O que você faria se visse ele ficando com outra mulher?

Franzi a testa com a pergunta. Oi?

— Er... sei lá. Não faço ideia. Acho que ficaria puta se ele fizesse isso na minha frente.

— E se não fosse na sua frente?

Mas que saco, hein?!

— Ai, mãe, sei lá. Se eu não visse, acho que não ligaria. Ele pega quem quiser, não temos contrato de exclusividade. E nem quero.

— Se você diz, está dito.

Não sabia aonde ela queria chegar e também não queria saber.

O dia já tinha sido maravilhoso por si só, mas abrir o YouTube e ver que um dos meus vídeos estava com trezentas mil visualizações, e o outro, com duzentas e trinta mil me fez gritar internamente e desejar que fosse assim toda vez que eu postasse um vídeo. Era tudo tão novo e precioso que eu simplesmente não conseguia parar de querer criar coisas novas, arranjos diferentes para as músicas, treinar ainda mais e me dedicar completamente a esse mundo. É difícil explicar como essas pequenas coisas têm o poder de me deixar realizada não só como pessoa, mas como profissional.

A música sempre me trouxe coisas boas, mas eu sentia que esse era o meu auge. Os últimos dias tinham sido quase tão bons quanto o melhor dia da minha vida, quando minha avó me mostrou um antigo vinil do Chico Buarque, e passei a dormir quase todas as noites lembrando daquelas canções que até hoje aqueciam meu coração. Minha paixão por música começou ali, no colo dela, e ainda era complicado me lembrar da feição, da voz e da risada da minha velhinha sem me emocionar. Sabia que a saudade das noites de colo nunca iria passar, só amenizaria um pouco com o tempo.

O apito de mensagem no celular me acordou das lembranças.

[23:03] John: Boa noite, nova melhor cantora do cenário musical. Você tá tão bombada no Instagram que nem me seguiu de volta

[23:03] John: Lembrarei esse desprezo

Sorri ao ver que eram mensagens dele. Eu achava que o dia não poderia ficar melhor.

[23:04] Lola: Palhaço HAHAHAHA

[23:04] Lola: Me manda seu @ de lá

[23:04] John: Te mandei uma foto por mensagem direta lá, dá uma olhada

Gente, para que aquele mistério todo? Era nude, por acaso?

Entrei no meu perfil, cliquei nas solicitações de mensagem e estava lá: uma foto dele deitado, com o cabelo todo desgrenhado e aquele inferno de maxilar quadrado ainda mais bonito. No travesseiro ao lado do rosto dele, estava escrito *your place here* (seu lugar aqui). Sorri feito uma idiota. Por quê, Deus? Por quê?

[23:07] Lola: Te segui

[23:07] Lola: Infelizmente apenas no Instagram HAHAHA

[23:08] John: Não veio pra cá porque não quis

[23:08] Lola: Não fui convidada ☺

[23:08] John: Vai se catar, vai hahaha

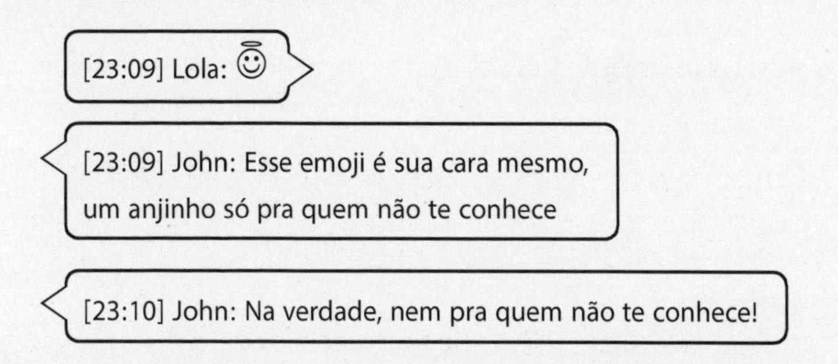

Gargalhei com a sinceridade dele. E percebi que estava digitando sorrindo o tempo inteiro.

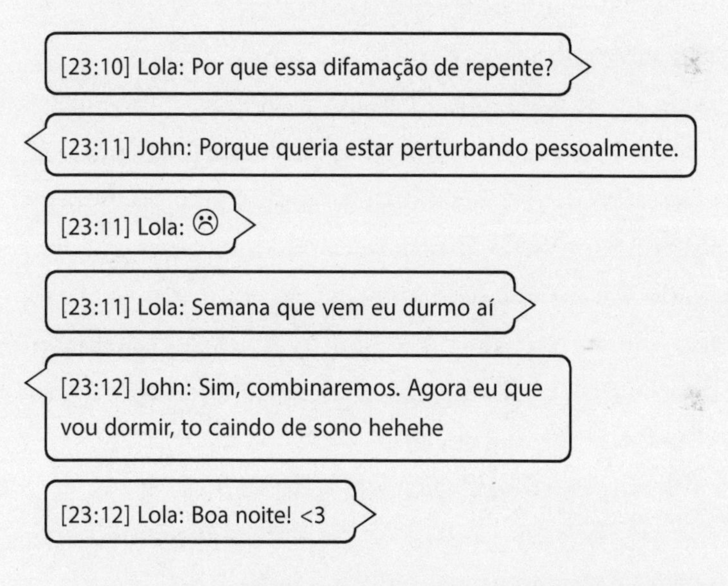

Ai, por que eu tinha enviado um coração ali? Gente, que bruxaria era aquela que só depois de enviar percebi que era meio demais para o momento? Meu Deus, ele nem vai responder, certeza! Era melhor ir tomar banho logo, passei da fase de ficar surtando com resposta do crush.

[23:14] John: Beijo!

Pelo visto foi pego de surpresa, sim. Mas assim ele sentia o que eu sentia toda vez que ele inventava de me elogiar na frente dos outros. Ou até mesmo a sós, do nada, no meio de uma frase aleatória. Não sei se era por estar acostumada com namorados mais complicados e bem diferentes dele, mas essas coisas me deixavam completamente sem reação. Antes dele, eu não sabia o que era o outro dar o primeiro passo, baixar a guarda, demonstrar afeto de graça. Tão pouco tempo convivendo com ele, mas tanto aprendizado que, de repente, me peguei pensando nas perguntas da minha mãe. Eu tinha noção de que estava me metendo em um relacionamento sem compromisso, mas não me incomodava que não tivéssemos exclusividade. Só que ele não seria babaca de ficar com outra pessoa perto de mim, né?!

Será que ele se importaria se fosse o contrário? E o pior era que eu não sentia vontade alguma de beijar outras pessoas. Não por estar morrendo de amores por ele, mas por não ter tempo de me envolver com mais alguém, porque eu sabia que só iria querer por uma noite e nada mais. O John foi uma exceção que me surpreendeu até demais, porque eu realmente não queria nada além de sexo. Continuava não querendo, e achava que seria assim por algum tempo. Restava saber se ele ainda estaria aqui caso um dia eu quisesse, talvez, algo sério de novo. Mas, por ora, isso parecia tão distante quanto a minha vontade de ir tomar banho para dormir.

E falando em tempo... até quando ele pretendia ficar no Brasil? Por que eu nunca tinha perguntado isso para ele?

08

MINE

Beyoncé feat. Drake

◀◀ ◀ ❚❚ ▶ ▶▶

A parte boa de ter começado o sábado ouvindo Paramore foi a inspiração infinita que o antigo CD deles me trouxe. Nem ao menos fui tomar café da manhã, eu precisava urgentemente treinar o cover de "The Only Exception", já que essa era a música que estava martelando na minha cabeça. Quando a coloquei para tocar, foi como curar qualquer tipo de ferida, ainda que nenhuma estivesse tão exposta assim. Essa composição era impecável e me lembrava da importância de continuar acreditando nas pessoas, mesmo que insistissem em nos decepcionar. Não podíamos deixar as decepções apagarem nossa essência, e lembrar isso através da música era, com toda certeza, uma espécie de terapia.

Definitivamente esse seria o terceiro cover do canal. E, por falar nele, fui conferir os comentários antes de trocar de roupa.

Alguns "queria comer essa gostosa" e "deleta esse lixo de canal" estavam vagando, perdidos, em meio a quase dois mil outros. Mesmo com tantas mensagens lindas, era extremamente difícil não dar atenção aos haters de plantão. O que levava uma pessoa a desejar o mal de outra que nem ao menos conhecia? E por que as pessoas acham que têm aval para serem babacas com os outros na internet? Diversos youtubers já haviam falado sobre isso, mas eu enfim estava entendendo e sentindo na pele como era ser julgada. Era melhor eu tentar esquecer isso, e me arrumar para encontrar as meninas no shopping. O outono curitibano estava dando o ar da graça e eu optei por uma meia-arrastão, calça jeans destroyed, uma blusa básica cinza e jaqueta jeans cheia de patches, que era meu xodozinho — e estava esperando até o frio chegar para usar! Como eu ia a pé, escolhi um par de botas pretas — para variar —, sem salto e extremamente confortáveis. Bastaria um delineador, uma boca marcada e prontinho.

Quando cheguei, fui direto para a praça de alimentação, porque conhecia minhas amigas muito bem. Não demorou muito para avistá-las, cada uma com seu lanche na mesa. Eu tinha muito a desabafar sobre aquelas questões.

— Amiga, não tem por que ficar dando espaço para esses comentários machistas. Sei que deve ser difícil, mas tenta manter em mente que você faz o que bem entender, contanto que não faça mal para ninguém, não é obrigada a nada. Não mereço ver você toda para baixo desse jeito por causa de homem escroto que se esconde atrás de uma tela de computador porque não tem coragem de falar nada disso na frente dos outros. — Eu nem tinha terminado de contar, e Ariel já estava gesticulando exageradamente na mesa, parecendo um gif da Gretchen revoltada.

— Concordo com a Ari, amiga — disse Mel.

— Eu sei disso, também concordo e sei que é machismo puro, mas é tão difícil fechar os olhos pra essas coisas, gente... e tenho medo de que eles se revoltem e chamem o grupinho da escória para me atacar, caso eu delete os comentários malvados.

— Meu Deus, Lola, para de sofrer por antecipação! Você acreditou em Papai Noel por oito anos, não custa acreditar em si mesma por alguns segundos. E fazer disso um exercício diário pra se acostumar com a única pessoa que pode te fazer absurdamente feliz: você. — Anna resolveu falar e já me deixou sem palavras.

Ela tinha uma vivência totalmente diferente da minha e a mente muito mais aberta para a maioria dos assuntos.

— Obrigada.

— Minha vontade é sair respondendo a esses filhos da puta e meter o maior terror. Não vale o meu precioso tempo, mas que dá vontade, dá — disse Ari, fazendo a maior cara de demônia.

Todas rimos.

— Deixa estar, amiga. Eu confio no carma, então fico tranquila quanto a isso.

E era verdade. Minha consciência estava limpa e assim permaneceria.

— Gente, disfarça, mas a Beca tá ali e parece estar vindo para cá. NÃO OLHEM! — alertou Mel.

O que será que essa garota quer agora?!

— Oi, meninas! Lola, queria trocar uma ideia com você. É rapidinho, pode ser?

— Claro, Beca! — respondi, virando-me para as meninas e arregalando os olhos. — Já volto, gente.

Andamos um pouco mais para a frente e nos sentamos no balcão da praça de alimentação, que estava vazio. Ela parecia estar colocando o celular no silencioso antes de começar a falar, mas não entendi nada direito, tudo aquilo era muito bizarro.

— O que quero falar é simples, na verdade. Queria saber qual é seu lance com o John... se é só pegação, se estão namorando, sei lá. Já perguntei para ele, que diz que vocês são amigos, e essa não cola comigo. E prefiro perguntar diretamente para você, que também é mulher e deve me entender melhor. — Fiquei encarando-a com a testa franzida por alguns segundos, provavelmente mais do que eu gostaria.

Gente, o que estava acontecendo e por que de repente essa menina se importava com minha intimidade?

— Nós somos amigos mesmo. Ficamos às vezes, nada de mais. Mas por que você quer saber? Tipo... nem conversamos e você veio só perguntar sobre isso, é até meio esquisito.

— Ah, sei lá, acho mais fácil perguntar direto na fonte do que ficar no disse me disse. — Hum, esperta. — E não sei por que vocês escondem que têm um lance.

— Eu não escondo, inclusive acabei de te contar.

— Entendi. Vim perguntar porque eu e ele chegamos a ficar no início do ano, acho que vocês ainda não se conheciam, mas não deu muito certo. Não sei se ele te falou sobre isso, enfim, acabei achando no começo que vocês dois estavam juntos pra me atingir, já que ficaram de papinho na festa da NeonMix, e na época eu e ele ainda conversávamos... Fiquei meio indignada, pra falar a verdade.

Senti sinceridade nas palavras dela e entendi por que quis esclarecer, embora eu ache que jamais fosse tirar satisfação assim com alguém. Mas deve ser angustiante. Até porque tinha todo o rolo dela com o Leo antes de mim e tal.

— Ah, sim. O John me contou de vocês! Mas, quando começamos a ficar, já não rolava mais nada além de... amizade?

— Ele me dava e ainda dá muito papo, por isso eu achava que poderia rolar algo. Só que, quando via vocês no colégio, saindo juntos, andando juntos, meio que perdi as esperanças e percebi que eu estava me iludindo. Até porque em momento nenhum ele deu plena condição, só foi simpático. E por ele ser gato pra caralho dificulta um pouco a amizade.

Esbocei um sorriso e desejei não ter ouvido aquilo. Ela não havia falado mentira nenhuma e eu não tinha direito de exigir que ela não falasse daquela forma sobre ele perto de mim, fala sério. Por mais apertado que meu coração estivesse.

— Concordo, Beca! — respondi a primeira coisa que me veio à cabeça.

— Mas... era isso, Lola. Obrigada por ter esclarecido tudo numa boa, sério, me evitou uma futura dor de cabeça — disse, me dando dois beijinhos.

Só consegui agradecer também por ela ter vindo perguntar e voltei, apressada, para a mesa das meninas. Esse foi um dos momentos mais estranhos da minha vida.

— O que ela queria, afinal? — perguntou Anna.

— Gente, parece até que tive uma epifania de tão bizarra que foi essa conversa bem íntima que tive com essa garota que nem conheço direito. Ela quis saber a quantas anda o meu relacionamento com o John.

Mel ficou boquiaberta.

— Eu sempre falei que ela tem uma queda gigantesca por ele, era fato. Ela curte TODAS AS fotos dele e fica olhando quando vocês dois estão juntos também — falou Ariel.

— Ai, meninas, que desnecessário. A garota veio super de boa perguntar pra Lola sobre isso, não tem nada de mais. Ela pode capotar por ele, ser apaixonada e o cacete, mas teve noção e respeito ao vir esclarecer tudo. Percebam que nem com as respostas do John ela se contentou, e está certa. Eu confio mil vezes mais em uma mulher do que em qualquer cara — desabafou Anna.

Eu concordava em partes.

— Eu não consigo confiar tanto assim nela, não. Tem uma energia superpesada ali, simplesmente não sei lidar. Mas concordo quando você fala sobre confiar mais nas mulheres ao nosso redor do que nos homens. Algo me diz que tem o dedo do Leo nisso. Por mais que eu tenha dificuldade em enxergar, preciso admitir que, talvez, ele tenha falado alguma coisa de mim. Mas o nosso término foi civilizado e respeitoso, por isso acho que, acima de tudo, ele teria consideração pelo tempo que ficamos juntos, assim como eu também tenho. Não somos mais crianças — falei.

Ariel ouviu atentamente, assentindo.

— O Leo é o tipo de cara que falaria algo mesmo depois de um término civilizado, Lola. Sei que não adianta muito te dizer isso, porque você ainda é cega em relação a ele, mas é a verdade. Você era submissa. Ele foi supermachista diversas vezes na nossa frente, era horrível ficar na nossa posição, porque se falássemos algo, seríamos intrometidas, mas não falar nada era omissão da nossa parte. E prefiro ser intrometida a ser omissa quando o que está em jogo é a vida da minha amiga — disse Anna, dando uma garfada no macarrão.

Eu sabia de todos os defeitos do Leo, não foi à toa que terminamos, mas simplesmente abominava — e ainda abomino — expor os problemas dele e do nosso relacionamento na frente dos outros, sejam amigos ou não. Era ridículo.

— Entendo a sua posição e, no seu lugar, eu também falaria o mesmo. Mas queria só que vocês entendessem que foi por coisas como essas que eu terminei. Fui enxergando cada vez mais os erros dele até ficar insustentável.

— Reconhecer um namorado abusivo ou machista é importante. E lembro que você conseguiu fazer isso sozinha, no seu tempo — disse Ariel.

— Mas vamos falar de homem bom, não é só a Beca que quer saber a quantas anda o seu relacionamento com o John, amore — acrescentou Mel.

Senti que minhas bochechas instantaneamente coraram, o que era um mau sinal.

— AI, CUIDADO COM A ENVERGONHADA! — Anna gargalhou com minha maldita reação.

Que ódio!

— Não tem o que explicar — murmurei, olhando para baixo.

— Lola, dá um tempo! Até quando você vai fingir que esse rolo de vocês é só algo casual e que não está gostando dele? — Ariel me colocou na parede. Aquelas palavras me acertaram em cheio.

Eu não sabia, de fato, o que estava acontecendo.

— Tenho a sensação de que ele está prestes a destruir minha estabilidade emocional e eu não conseguiria fazer nada para impedir isso, mas, ao mesmo tempo, tenho a plena certeza de que não quero um relacionamento sério tão cedo. — Essa foi a primeira vez que me senti sendo totalmente sincera sobre o John.

— Por que ele destruiria alguma coisa além de você na cama? — Como sempre, Ariel nada discreta.

— Não sei. Nunca me envolvi com um homem como ele, cara. É o melhor dos mundos: sabe me tratar da forma que eu quero ser tratada em todas as diferentes ocasiões. Quando penso nele, eu o projeto em cores que nem existem — falei, apoiando meu braço na mesa e segurando meu rosto.

Nem eu acreditava no que tinha acabado de falar.

— Meu Deus, você tá mais apaixonada do que eu imaginava. — Melissa arregalou os olhos, esperando uma reação minha.

Dei de ombros, afinal não havia muito a ser feito além de torcer para que esse sentimento não me trouxesse nada de ruim e não comprometesse o resto da minha vida. Eu queria me dedicar unicamente à música, e não tinha espaço para um relacionamento: dar satisfação, lidar com ciúmes, sei lá. Ele não aparentava ser ciumento, mas as pessoas mudam depois de um tempo de namoro. Passam a se sentir proprietárias do outro, sendo que eu tinha arrepios só de imaginar isso acontecendo novamente comigo. Para não correr esse risco, preferia ficar na minha, solteira e curtindo com ele o que quer que aquilo fosse. Amizade colorida, sexo casual, sei lá. Só queria que continuasse assim.

— A única coisa que posso te falar é que ele parece um cara legal. Mas tem o pequeno detalhe de ser intercambista, né?! Tem um prazo de validade no Brasil — disse Ariel, e eu concordei.

— Que merda. Por que você não fala sobre isso para ele? Vai te fazer melhor, amiga. É tipo um desabafo, só que pra pessoa certa — aconselhou Melissa, e eu fiz bico, descrente.

— Geralmente eu te diria que falar só pra gente já está de bom tamanho, mas ele parece estar tão a fim de você quanto você dele. Não tem motivo pra ficar nessa de "ai, somos só amigos". Ele aparenta estar no mesmo estágio de loucura da situação, que, querendo ou não, é angustiante.

Ver a pessoa, tocar, beijar, transar e sentir aquela obrigação de não deixar os laços se estreitarem muito, sempre pisando em ovos e disfarçando os sentimentos... é muito difícil ganhar essa luta. Paixão é foda — concluiu Anna.

— Imagina quando vem acompanhada de química, tesão, uma tensão sexual ridiculamente forte e uma escola de samba que resolve desfilar no meu estômago cada vez que ele me beija, olha ou faz qualquer coisa que seja. Que ódio, gente! Não tô acreditando — falei, indignada com a minha incrível habilidade de me apaixonar por um cara que iria embora em alguns meses.

— Não esquece, amiga: não vale a pena sofrer por antecipação. Aliás, no seu caso, eu aproveitaria o máximo de tempo com ele. Crie memórias incríveis. — Melissa também resolveu aconselhar.

Aquilo já estava parecendo uma sessão de terapia.

— Vou conversar com ele depois da festa de encerramento, na semana que vem. Vou perguntar o que está rolando de verdade, não sei se ele vai pro Canadá nas férias, melhor prevenir do que remediar. Inclusive, é meio estranho não termos falado sobre isso ainda, né?!

— Pra gente, é. Mas vocês estão se conhecendo, é totalmente normal não ficarem pensando nessas coisas quando estão juntos, imagina a tristeza que ficaria no ar depois de debaterem sobre a última vez que se encontrariam, cruz-credo! — falou Anna.

— Parece que tirei um elefante das minhas costas, meninas. Que coisa ridícula, puta merda, não estou acreditando que caí de novo nesse golpe. — Passei a mão pelos cabelos, prendendo-os em um rabo de cavalo.

— Quando o santo bate, os olhares conversam sem uma palavra trocada e ainda tem a química para ajudar, meu anjo, não tem o que fazer além de se sentar e aceitar. Ainda mais você, que é toda atacada e tem um fogo absurdo! Só a maneira que se conheceram diz tudo — concluiu Ariel, dando de ombros.

Eu mostrei o dedo do meio e as garotas gargalharam.

— Provou do mel canadense e se apaixonou, é completamente compreensível! — brincou Melissa.

— Vocês vão se ver nesse final de semana? — perguntou Anna, e eu parei para pensar, mas não havíamos combinado nada direito.

— Acho que sim, não sei direito. Ele me disse que ligaria hoje e tudo que eu menos queria era ficar igual a uma idiota esperando, como se minha felicidade dependesse disso.

— Amiga, você pode se envolver sem esquecer que a prioridade é sempre você mesma, tá bom?! Eu sei que já falei isso pra ti e pra Mel, mas vale reforçar quantas vezes for necessário — advertiu Ariel com seriedade, e eu concordei, sorrindo.

— Lembra o que você me falou sobre o Vinícius quando ele não queria me perdoar de jeito nenhum, Lola?

— Não se atire na fogueira para manter os outros aquecidos.

— Exatamente. E isso vale para você também, porque sempre que se esquecer da pessoa maravilhosa que você é, sozinha ou acompanhada, estaremos aqui para te lembrar. Goste você ou não, tô nem aí, meu amor!

Aquela tinha sido a melhor conversa que tive com elas desde o começo do ano, simplesmente por um único fator: eu não tinha tentado mascarar as coisas. Não fiquei me defendendo de sentimento nenhum, apenas resolvi seguir o fluxo do meu coração e agir, pelo menos uma vez, com a emoção, deixando a razão descansar um pouquinho.

A parte boa de conversar com as garotas era que independentemente do que fosse dito, tínhamos um juramento: nunca julgaríamos umas às outras, muito menos viraríamos as costas. Ter essa certeza fazia toda diferença, pois não existia sensação melhor do que a de conversar abertamente sobre algo que lhe causa insegurança e, mesmo assim, saber que suas amigas estariam ali para amparar, dando valor e honrando o conceito de confiança. Eu confiava minha vida na mão dessas meninas e admitir isso para quem quer que fosse era tão fácil quanto dizer que 1+1 = 2.

Anna me deu carona até em casa depois de insistir por dez minutos. Bruno havia me emprestado sua iluminação e microfone para que eu tentasse gravar sozinha! Seria demais se desse certo, principalmente porque é um saco ficar dependendo dos outros. Aproveitei a noite para separar a lista de músicas, analisando melodia e letra. Não fazia sentido, para mim, ficar postando vídeos de músicas que não tinham significado nem impacto nenhum na minha vida; eu não queria gravar só por gravar, só porque a música estava em alta. Não era para mim esse tipo de coisa, mas entendia completamente quem optava por essa estratégia. Mas, para mim, a música precisava transcender os sentimentos, o que me fazia pensar que as duas primeiras músicas significavam tanto para mim que era como se eu mesma tivesse escrito cada verso. A letra de "Glitter in the Air" me doía de tão real. E "Hurricane" era a música que estava sempre voltando para minha vida: anos se passavam, e sempre havia um momento em que ela parecia a única composição no mundo que me descrevia, então eu não podia deixá-la de fora.

Trabalhei por boa parte do tempo em cima das próximas músicas, até receber uma mensagem. Chequei o nome na notificação e senti um friozinho na barriga. Ele não tinha esquecido.

09

FRIENDS, LOVERS OR NOTHING

John Mayer

◀◀ ◀ ❙❙ ▶ ▶▶

John iria me buscar para irmos a algum lugar que eu ainda não sabia qual, já que ele resolveu me deixar curiosa. Perguntei qual seria a ocasião para pelo menos montar um look decente, e ele disse que qualquer roupa casual servia, porque, segundo ele, eu era estilosa até vestindo a blusa gigante e amassada dele. Quem me dera. Como o tempo era curto e eu estava ansiosa, acabei decidindo usar uma saia de couro sintético e cintura alta, blusão enorme de lã — que cobria quase a saia toda, inclusive —, meia-calça preta e minha bota acima do joelho. *Estava ótimo*, pensei, olhando no espelho, virando de um lado para o outro. Maquiagem era a de sempre, já que não nasci com o dom de me maquiar como as blogueiras a que eu assistia: delineador, máscara nos cílios, sobrancelha marcada e um batom vermelho para arrematar. Amava batom vermelho, mas sempre me dava um nó na garganta lembrar que eu, burra, tinha parado de usar porque Leo simplesmente detestava. Se houve algo de bom nisso é que aprendi a jamais deixar que algum outro homem controlasse o que eu gostava em mim mesma. Nunca mais.

Quando desci, minha mãe assobiou e Nina, já morrendo de sono, aplaudiu. Sorri e desfilei até a sala, entrando na brincadeira.

— O gringo vai ficar doido, hein?! — brincou minha mãe, piscando para mim. — Dá para sentir bem de leve o seu perfume com o movimento dos seus cabelos, filha. É de baunilha, não? — Semicerrou os olhos, levando uma mão ao queixo.

— Sim! Era exatamente esse o efeito que eu queria. Não gosto de perfume forte ou muito doce, esse é meu favorito.

— É aquele mesmo que você ganhou do seu pai? — perguntou, mais séria.

— É, sim.

— Esse cheiro é igual ao bolo da mamãe — disse Nina, sonolenta.

— É, tenho ele há anos, mas porque só uso em ocasiões especiais. — Inclinei a cabeça, de modo que a apoiasse no ombro direito, e sorri, forçando meiguice.

Minha mãe gargalhou.

— Essa Lola-Anjo não combina com você, meu amor. Quem te conhece não cai. — Ela riu, e eu mostrei a língua.

— Eu sou um anjo, sim, sai fora! — Mandei beijo, fazendo-a negar com a cabeça.

— Filha, se cuida, tá? Eu confio em você. Não beba do copo de ninguém, não fique perto de homem embriagado e, sob hipótese alguma, volte de carona com um desconhecido! Se o John beber, me liga que eu te busco. É sério. — Ela estava mesmo séria.

— Eu sei. Pode deixar, mãe. — Uma buzina me interrompeu. — Deve ser ele!

Peguei a bolsa no sofá e saí.

— Vai dormir em casa?

— Eu te aviso por mensagem, mas acho que vou. Tchau, meninas! — Mandei beijinhos e recebi outros de volta.

Entrei no carro do John e, na mesma hora, o cheiro do perfume me fez fechar os olhos. Aquele cheiro sempre me lembraria da noite que nos conhecemos, era impossível associar com outra coisa, ainda mais porque parecia que essa maldita fragrância estava impregnada no carro e não saía nem com reza.

— Você está linda, puta merda. Isso porque nem sabe para onde vamos.

Posso considerar isso um cumprimento? Minhas bochechas coraram levemente.

— Boa noite, gringo! Já pode revelar o lugar? Eu quero saber logo! — Cruzei os braços, brincando.

— Sem bico, por favor. É pertinho, e daqui a pouco estamos lá.

Ai, meu Deus. Quais os lugares legais ali perto? Pensa, Lola!

— O que você ficou fazendo hoje? Pensei que esqueceria do que combinamos — confessei.

— Passei o dia lá na casa do Bruno. Vinícius e Diego atracados no videogame, fazendo campeonato de FIFA, enquanto eu e Bruno ficamos jogando LoL — disse ele, me deixando confusa.

— LoL?

— Ah, desculpa! É a abreviação de *League of Legends*. Na verdade, normalmente a gente chama assim mesmo.

— Ensaiei algumas músicas novas! A tarde passou voando por causa disso, eu acho. Quando você me ligou, eu jurava que era mais cedo. É estranho como o tempo passa rápido quando fazemos o que amamos, né?

— É a melhor coisa de ter paixão e comprometimento. Chegamos!

Fui muito ingênua e um pouco burra em não perceber que estávamos indo para o Pub 83. O lugar onde nos conhecemos! Será que ele estava armando alguma coisa? E o que teria naquela noite para estar tão lotado? John desceu do carro segundos depois de mim e entramos de mãos dadas. A melhor coisa de lugares alternativos era a música, com certeza! Todas as festas que eu ia com o Leo eram entediantes se eu estivesse sóbria. As músicas eram boas, mas os DJs faziam questão de estragá-las com mixagens ruins; fora o dress code que me deixava insegura, pois quase sempre pedia salto alto. Deus me livre. Eu realmente era uma namorada muito parceira por ter aguentado aqueles lugares chatos.

Quando entramos, fomos direto para o bar e, enquanto ele optou por água, eu pedi uma caipira de limão.

— Acho que me lembro desse lugar, não sei por quê — murmurou John perto do meu ouvido, me fazendo fechar os olhos e me deixando arrepiada.

— Eu tenho uma teoria — respondi, apoiando os braços nos seus ombros, envolvendo-o.

Ele depositou a mão direita na minha cintura e me deu um beijinho na ponta do nariz.

— Te trouxe hoje porque tem uma banda que vai se apresentar. O nome é Destroyed & Organic e eles são bem conhecidos pelos covers, principalmente em São Paulo. Lá tem show dos caras quase todo dia nesses barzinhos. Mal sabem que a banda surgiu numa viagem deles para Nova York!

Fiquei pensativa, eu parecia conhecer a banda de algum lugar.

— Tenho a impressão de já ter ouvido falar neles, mas não costumo ouvir. Se vai ter música, sei que será uma noite maravilhosa.

— Só pela música? — provocou ele, mexendo no meu cabelo, segurando uma parte e puxando-os levemente para trás.

Minhas pernas ficaram bambas.

— Para — pedi, séria.

Se ele começasse a fazer essas coisas, iríamos embora antes mesmo da minha bebida chegar. E nem sei se conseguiríamos chegar ao apartamento dele ou se seria no carro mesmo.

— Desculpa. É que fica um pouco difícil quando vejo vários caras passando e te dando a maior conferida — confessou ele, dando de ombros e pegando a água que o barman acabara de colocar no balcão.

— Ciúme? — perguntei, arqueando a sobrancelha.

Ele fez pouco caso, negando com a cabeça.

— Não, ué. Só é bem chato, pois você está comigo. Hoje. Está comigo hoje.

Olhei para ele, desconfiada, mexi o drinque e dei um gole. Era melhor deixar aquele assunto morrer e voltar a falar nisso no dia da festa, a única coisa que eu queria ali era aproveitar os pequenos momentos ao lado dele.

— Entendi. Mas várias mulheres também ficam te olhando, e eu só ignoro. — Dei de ombros, fingindo que aquilo não me importava. — Falando nisso, sabia que a Beca veio conversar comigo?

Ele arregalou os olhos.

— O quê? Sobre mim?

— Não. Mais ou menos. Ela queria saber se tínhamos mesmo alguma coisa ou era só diversão, sei lá. Achei legal a atitude dela, senti sinceridade.

— E o que você respondeu? — Ele passou a língua nos lábios.

— Que somos amigos e temos um rolo. Não lembro se usei o termo "amizade colorida", mas dei a entender. O que mais eu poderia responder além disso?

— Nada, imaginei que você falaria exatamente isso mesmo. — Deu um gole na água, e eu aproveitei para bebericar novamente a minha caipira. Por que era tão estranho falar sobre nosso relacionamento? E por que diabos eu ficava evitando tanto isso se já estava bem claro que estávamos juntos? Amigos ou não, eu não gostaria de ver ele com outra mulher. E duvido de que ele ficaria numa boa se me visse com outro cara.

Meus pensamentos foram interrompidos pela banda. Depois dos três garotos se apresentarem, era hora do show! Eles começaram a noite cantando John Mayer! Socorro! Peguei John pela mão e imediatamente fui para mais perto do palco, cantando todos os versos de "Shadow Days", empolgada. Percebi que ele me olhava enquanto eu cantarolava, mas continuei cantando a plenos pulmões junto com os garotos. Observei que as pessoas ao redor estavam todas empolgadas também e me senti em casa. Música, energia do show e alguém legal ao meu lado: o que mais eu poderia pedir?

Gritei, assobiei e bati palmas quando a música acabou. Eles eram realmente muito bons. Virei-me para John, que me observava sorrindo. A luz do palco refletia diretamente nos olhos verdes dele e meu coração ficou aquecido.

— Você é, certamente, a pessoa mais animada daqui — afirmou ele.

— Olha esse ambiente, essa energia, essas pessoas... eu vivo por momentos como este!

Ele segurou meu queixo e me deu um selinho.

— Caramba, quanto tempo! Nem na escola eu te vejo mais! — Ouvi aquela voz familiar atrás de mim e foi como se toda a minha empolgação se esvaísse do corpo.

Senti um peso no corpo, mas me virei.

— Oi, Leo! — Dei dois beijinhos, em seguida ele e John trocaram um sorriso amarelo. — Estas últimas semanas foram intensas, né? Sempre a mesma correria antes das férias, mas agora, como é só esperar os resultados, as aulas devem ficar mais tranquilas e nos cruzaremos, provavelmente. — Falei até demais, nervosa por os dois estarem no mesmo ambiente.

— É, tá osso. Continuo me ferrando em literatura, já que agora não tenho mais aulas particulares... — disse ele, dando de ombros e sorrindo.

Caramba, ele estava muito bonito.

— Você sempre tirou de letra, só me chamava para fazer charme! — brinquei, e ele gargalhou.

Sofia, a garota do segundo ano, apareceu na rodinha e o beijou no rosto.

— Oi, pessoal! — Ela nos cumprimentou.

Nunca troquei uma só palavra com essa garota, mas ela parecia gente boa.

— Agora está explicado o que está fazendo aqui. Você jamais viria numa balada alternativa por livre e espontânea vontade! — exclamei, fazendo-o rir.

John colocou uma das mãos no bolso e, com a outra, deu um gole demorado na água, aparentando estar incomodado com a situação.

— Que nada, algumas coisas mudaram bastante. Claro que parte do motivo para eu estar aqui é a Sofi, mas também não acho mais um bicho de sete cabeças como antes. Até que as músicas são legaizinhas. — Deu de ombros, e eu arqueei a sobrancelha, surpresa.

— Quem te viu, quem te vê! — brinquei.

Ouvimos gritos do pessoal e percebemos que a banda havia voltado ao palco e já estava prestes a recomeçar o show, e eu inclusive nem fazia ideia do motivo da pausa.

— Foi bom te encontrar, Lola. Você também... John? — Leo franziu a testa, e John assentiu, apertando a mão dele.

Eu sorri e acenei, logo após os dois se afastarem. John estava emburrado. Isso me incomodou um pouco.

— O que foi? Amigos não ficam com cara de bunda quando veem o ex das amigas! — provoquei, tentando quebrar o clima tenso.

Ele semicerrou os olhos.

— Fale isso para teu grupo de amigos, então — disse ele, confiante.

Merda. O argumento dele era bom.

— Ele parece ter mudado mesmo. Só pelo fato de não ter enchido o saco já é um ponto positivo, não?!

— Não gosto dele. Acho tudo forçado, falso, parece que o cara está atuando numa novela bem ruim. Mas essa é só minha opinião, você que o conhece bem. Melhor do que eu, ao menos — concluiu, ainda emburrado.

A banda voltou a tocar John Mayer, dessa vez optaram por "Friends, Lovers or Nothing" e eu agradeci mentalmente por aquela escolha maravilhosa e tão propícia para o momento.

— Você pegou ranço dele por causa das coisas que o pessoal falou. Eu entendo, até concordo em alguns pontos, mas não dá para ser assim unilateral só porque o Leo é uma pessoa totalmente diferente deles. Da gente, na verdade.

— Não é só por isso, não. Pelo que você me falou dele, não tem nada a ver com ser diferente ou não.

— AHHH! *Only when we want is not a compromise, I'll be pouring tears into your drying eyes! FRIENDS, LOVERS, OR NOTHIIIING (Só quando queremos não é um compromisso, estarei pondo lágrimas nos seus olhos secos)!* — Eu gritava, empolgada com a música e com o significado. Será que isso era um sinal?

— Essa música é boa pra caralho. John Mayer só faz obra-prima — afirmou John, cantarolando também. Agradeci internamente por termos encerrado o assunto anterior.

— Eu a cantaria facilmente, de tanto que amo essa composição. O problema é ficar no nível desse Deus da música.

— Eu particularmente prefiro a sua voz.

— Sua opinião não conta! — brinquei, tapando sua boca. Ele aproveitou para morder meu dedo.

— Por quê? Só porque estou apaixonado por você? — questionou ele, completamente do nada. Um tiro seria menos impactante.

Senti toda a minha barriga contrair e fiquei imóvel encarando-o, séria, como se estivéssemos sozinhos em algum lugar. O som da banda já estava distante e tudo que eu conseguia escutar era minha mente me mandando correr dali, porque meu lado racional sabia que, se eu ficasse, seria muito mais difícil acabar com isso depois. Se eu ficasse, estaria mostrando para ele uma parte de mim que eu escondia desde o primeiro dia que o vi: minha vulnerabilidade. Mas como eu poderia obedecer minha mente, se meu coração havia praticamente jogado uma âncora ali e me impedido completamente de me mover?

— Quê? — Foi a única coisa que consegui responder.

Eu era uma negação quando se tratava de demonstrar sentimento, Jesus Cristo!

— Que o quê? — Ele gargalhou naturalmente, como se estivéssemos falando sobre o clima ou qualquer outra coisa banal. — Vai dizer que você está surpresa? — Inclinou a cabeça, me observando atentamente e sorrindo. Que inferno de sorriso.

— Sei lá. Não sei o que falar, eu acho. Não sei. Você tá me deixando agoniada! — falei, nervosa.

Eu não estava com um pingo de juízo. Ele riu alto, chegando mais perto de mim e colocando meus cabelos para trás dos ombros.

— É meio óbvio que estou apaixonado, e se você não sabia disso, provavelmente era a única.

Eu tinha plena certeza de que ele conseguiria ouvir meu coração batendo forte se chegasse um centímetro mais perto de mim.

— Como vou saber? Você está dizendo isso agora, eu hein! — exclamei, indignada.

Ele sorriu de novo, segurando meu queixo.

— Você só sabe por que eu falei? Caramba, Lola, até parece! Não concluiu isso ainda só porque tem medo de se envolver, isso sim.

— Não. Claro que não. Eu não tinha como concluir isso! Nos conhecemos há pouco tempo, de um jeito meio confuso, ficamos amigos e conversamos sobre sexo e o futuro do mundo com o aquecimento global. Como vou saber se esse é o John apaixonado ou o John normal?

Ele se controlou para não rir. Idiota.

— Então você só acredita que alguém está apaixonado por você depois de um ano, mesmo que a pessoa no caso não faça nem questão de esconder? — questionou, e eu descobri que até minhas pernas eram vulneráveis a ele.

Elas estavam bambas.

— Sim. — Dei de ombros. Só disse aquilo para falar qualquer coisa, mas é óbvio que ele não me daria o gostinho de encerrar a discussão.

— Você é louca, então. Me ferrei. — Sorriu torto.

Eu não fazia mais ideia do que falar. Puxei-o pela nuca e lhe dei um beijo. Ele me segurou pela cintura e me abraçou com força. Nosso corpo colou feito chiclete. Senti que força nenhuma na Terra conseguiria me afastar do calor de seu corpo naquele momento. Os lábios de John ainda estavam com resquícios da água gelada, e nos beijamos com mais intensidade enquanto eu acariciava seus cabelos. As pessoas ao redor pareciam sumir. O que era um problema. Ele me puxou para trás pelos cabelos com um pouco mais de força e deixou meu pescoço livre para um beijo. Isso é jogo baixo. Mantive os olhos fechados e sorri por alguns segundos enquanto mordia o lábio, mas num lapso de sanidade, me afastei. Ele respirava fundo e eu queria que ficássemos a sós. Demorei um bom tempo para lembrar que ainda estávamos num local público e só me dei conta disso porque ouvi o vocalista cantando "Take Me To Church" e voltei à realidade! Um musicão desses e eu nem tinha percebido!

— Essa música é ridícula de tão boa! E é preciso coragem para fazer cover do Hozier, mas esses caras estão mandando muito bem — falei, virando para o palco ainda um pouco ofegante.

John respirou fundo durante mais alguns segundos antes de falar alguma coisa.

— Eu ia te chamar para irmos lá para casa, mas, agora que você disse isso, e não quero atrapalhar.

— Atrapalharia mesmo. Se você estiver no ritmo que estava havia poucos minutos enquanto me beijava, não quero sua casa. Quero seu carro.

Ele passou as mãos nos cabelos. Ele devia saber como ficava charmoso fazendo isso, puta merda.

— Vamos — disse ele, sério.

Bastou o olhar decidido dele para me deixar excitada. Eu não conseguiria recusar o convite. Talvez se não fosse o olhar… mas acho que não. Quando o assunto era aquele homem, eu ficava meio abobalhada e até me surpreendia com as coisas que passavam pela minha cabeça.

— Vamos, mas vou dormir em casa, pode ser? Amanhã vou aproveitar o domingo para tentar gravar algumas músicas sozinha, quem sabe consigo bons vídeos. O canal já está com quase meio milhão de visualizações se somarmos os dois vídeos! — Segurei a mão dele, entrelaçando nossos dedos.

— O próximo passo é a sua turnê. Mas hoje você vai cantar só pra mim.

— Quem sabe... Mas sério agora, você pode me levar em casa mais tarde?

— Claro, você quem manda. — Chegou perto do meu ouvido e acrescentou: — Quando não estamos entre quatro paredes.

Arrepios. Arrepios percorreram meu corpo inteirinho, dos pés à cabeça.

— Ou quatro portas — retruquei, sorrindo abertamente. John abriu a boca, surpreso.

Ele sempre se surpreendia quando eu agia da mesma forma que ele.

Já deveria estar acostumado, principalmente depois de dizer que era apaixonado por mim. Será que, para ele, já era óbvio que eu também estava por ele?

10

FIGHT SONG

Rachel Platten

◀◀ ◀ ❙❙ ▶ ▶▶

Ariel • depois

Não existia força na Terra capaz de me impedir de fazer o que eu estava prestes a fazer. Quem o cuzão do Leonardo pensava que era? Será que ele tinha perdido completamente a sanidade e esquecido que estava se metendo com uma das minhas melhores amigas? Qual era o problema desse imbecil? Minha cabeça havia se tornado um emaranhado de perguntas sem respostas, porque, na verdade, nem eu mesma sabia como agir direito diante daquela enxurrada de informações tão ruins logo pela manhã. Até então, eu só havia assistido a histórias assim em filmes ou documentários, no máximo já tinha ouvido falar que fulana tinha processado sicrano por isso, mas nunca passou pela minha cabeça que aconteceria com o meu grupo de amigas. Sim, com o grupo inteiro, porque todas sofreríamos juntas. Em proporções diferentes, mas, ainda assim, juntas. O sofrimento existia. Ele estava aqui. Ele que me fez sair de pijamas de casa, andar dois quarteirões, tocando a campainha e esmurrando a porta da casa do Leo. Deus não vai me decepcionar, eu sabia.

— Isso são hor... — Esperei a porta se abrir um pouco mais para ter certeza de quem estava ali.

Na mesma fração de segundo que olhei a cara imunda do Leonardo, empurrei a porta com toda a força e o acertei no rosto. Ele cambaleou e se apoiou no balcão da sala, eu me aproximei novamente e lhe presenteei com um chute nas bolas. Só eu sabia havia quanto tempo queria fazer isso.

— Eu espero, do fundo do meu coração, que você apodreça na prisão. Espero que cortem o seu pau e façam um churrasco para os cachorros de rua. Espero que nunca mais passe na minha frente ou na frente de qualquer amiga minha. Espero, Leonardo, que você não vá nem mesmo para o inferno, porque o Diabo não te merece. — Vomitei as palavras mais odiosas que já tinham saído da minha boca enquanto observava ele tentar se recuperar do chute no saco. Mas nada mais daquele lugar me interessava. — Você mexeu com as mulheres erradas.

Eu me recompus e saí dali o mais rápido possível, até a atmosfera da casa daquele moleque drenava qualquer energia boa. Sem nem ao menos pestanejar, fui para a casa da Lola, ainda vestindo pijamas e pantufas da Pequena Sereia. Não fazia ideia de como agiria quando chegasse lá, mas tinha algum tempo para pensar. O importante era não deixar minha melhor amiga sozinha sob hipótese nenhuma. Anna estava indo buscar a Melissa, então eu seria a primeira a chegar. Guardei minhas inseguranças e frustrações no bolso no exato momento que me vi no jardim da casa da Lola. Naquele instante, a única coisa que me importava era o bem-estar de uma das mulheres mais incríveis e inspiradoras que eu conhecia. Respirei fundo, levantei o rosto e bati à porta.

Seria um longo dia.

Uma longa semana.

E, talvez, um longo ano.

11

FIX YOU

Coldplay

◀◀ ◀ II ▶ ▶▶

John • depois

Era segunda-feira. Não me lembro exatamente como tudo aconteceu, se houve algum sinal que passou despercebido, alguma dica, qualquer coisa que pudesse ter nos levado a, pelo menos, imaginar ou mensurar o caos que estava por vir. Eu e Lola tivemos um sábado perfeito, como quase tudo que fazemos juntos. Ela só quis ir para casa para acordar cedo no domingo e gravar durante a tarde, o que não me impediu de ligar no início da noite e perguntar como as coisas estavam. Consegui sentir a sua felicidade em cada palavra, a voz aveludada e rouca era minha música favorita dela, pelo menos nos últimos meses. No dia anterior tinha ido até lá, jogado um pouco de LoL com a Nina, e entendi por que Lola era apaixonada pela irmã, que, além de inteligente e muito tagarela, falava do mundo com uma naturalidade e inocência que me deixou com uma baita saudade da infância. Foi um domingo atípico, pois eu, que sempre ficava naquela tristeza à noite, estava ao lado da garota que tornava qualquer momento especial.

Nos despedimos, eu querendo ficar e ela querendo ir comigo, mas ambos tínhamos coisas para fazer. E nenhuma dessas coisas envolvia sexo, infelizmente, caso contrário teríamos mais tempo um ao lado do outro. Lola queria começar a estudar edição de vídeo, e eu precisava ligar para a família, minha mãe havia mandado mais de vinte mensagens, reclamando que eu estava sendo desnaturado. Drama de mãe triplica quando estamos longe. Tudo estava normal até aí. Conversei com meus pais pelo Skype, matei a saudade de falar em inglês e do Buddy, meu cachorro; Lola e eu conversamos antes de dormir, ela toda felizinha por ter editado vinte segundos de um vídeo aleatório que tinha achado no celular. Me lembro que, antes de encerrar a ligação, ela me agradeceu por tudo, principalmente por estar ao lado dela nessa fase mágica. Respondi a única coisa que me veio à cabeça: era um privilégio estar do lado dela para qualquer coisa. Hoje essa frase fazia ainda mais sentido.

Acordei mais cedo e fui direto para o banho, não gostava muito de olhar o celular logo ao levantar porque acabava esquecendo tudo que recebia. Quando finalizei minha rotina matinal e fui checar como o mundo estava, minha tela bloqueada mostrava mais de quarenta notificações. Boa parte delas era do grupo dos garotos, mas também tinha mensagens privadas, ligações, tudo. Logo pensei que alguém tinha morrido ou estava prestes a morrer, pois nossa mente é programada para pensar no pior nesses momentos. Mas não. Ninguém tinha morrido. E eu não estava em posição de dizer se o que aconteceu era melhor ou pior do que a morte; nunca poderia imaginar como é passar por isso. Alguns minutos lendo por cima as mensagens recebidas foram suficientes para entender o que tinha acontecido.

Lola havia sido exposta na internet. Não existia outro jeito de falar isso, não existia frase bonita para descrever o ocorrido, não tinha como suavizar essa barbaridade. Tinham vazado um vídeo de uma garota de cabelo rosa transando com um cara em um quarto, e não sei o que acontecia depois. Não consegui ver os 13 segundos completos, principalmente quando ficou claro que o sujeito era o Leonardo. Não sei — nem queria saber — se era possível reconhecer Lola também, mas imaginei que não, porque duas fotos íntimas dela também vazaram, o mesmo cabelo cor-de-rosa. As fotos foram editadas em um segundo vídeo, também de treze segundos, também postado no YouTube. O filho da puta obviamente só vazou as fotos para confirmar que a garota do vídeo era, de fato, a Lola. A garota mais especial que já conheci. Senti um misto de nojo e indignação, ainda sem saber direito como definir o meu desprezo por aquele filho da puta desgraçado do ex-namorado dela. Meu primeiro instinto foi ligar para Lola, em um ato de desespero, mas caiu na caixa postal. Liguei mais de dez vezes e não adiantou. Eu não sabia o que fazer. Abri o grupo dos meus amigos para tentar ter uma luz, alguma mísera noção de como agir.

[7:12] Vini: Vcs tão acordados? Caralho, mano

[7:12] Vini: To sem saber o que fazer com isso

[7:12] Vini: *<link do YouTube>* Lolita

[7:14] Diego: Que merda foi essa que eu acabei de ver? ERA A LOLA MESMO?

[7:14] Diego: Caralho, vi agora as fotos... Putz, que merda

[7:15] Vini: Mano...

[7:16] Vini: O Bruno já viu isso? Ele vai surtar

[7:16] Diego: EU to querendo ir atrás do Leonardo pra enfiar a porrada no filho da puta, imagino o Bruno

[7:40] Bruno: Acabei de sair da casa da Lola

[7:40] Bruno: Ela não quer ver ninguém além das meninas, to de coração partido, nunca vi a bichinha daquele jeito. Não sei explicar o nojo que to desse cuzão do Leonardo. Espero que ele não apareça no colégio nem hoje nem nunca mais.

[7:41] Bruno: John não respondeu minhas ligações, cadê ele?

[7:41] Diego: Pq ela quis só as meninas lá? Também somos amigos. Não sei do paradeiro do gringo

[7:41] Vini: Que barra, putz

[7:41] Bruno: Bicho, ele postou os vídeos de modo que eles ficassem relacionados com o do canal dela, por causa das tags. A mãe dela já entrou em contato com o Youtube para tentar tirar o vídeo do ar, vamos ver...

[7:42] Bruno: O amigo do cuzão postou no grupo de futebol. Deu o maior quebra pau lá, xinguei de tudo e saí. Só acho que essa merda de vídeo já deve estar rolando em todos os grupos, que bosta, puta que pariu

[7:43] Vini: O vídeo no Youtube tá com mais de dez mil visualizações, mas como o canal da Lola só cresce, esses também vão crescer se não forem excluídos. E além de tudo ainda tá postado na conta do Leo mesmo, caralho, velho

[7:43] Diego: No canal dela tá lotado de comentário escroto mano, acabei de ver... putz. Tem muitos chamando de "Lolita" pq esse é o título do vídeo que o Leo postou

[7:44] Bruno: Esse filho da puta tem que levar uma surra e ir PRA CADEIA

[7:55] John: Não sei o que falar ou fazer. Tentei ligar pra ela mais cedo também e nada de responder, to desesperado. Mandei mensagem aqui e nem visualizada foi... Ela deve achar que eu nao to nem aí pra ela

[7:55] Bruno: Não viaja, gringo. A garota não tá conseguindo fazer nada além de chorar, ela não conseguiu manter um diálogo comigo, só soluçava, repetindo estava tudo bom demais para ser verdade e que ela nunca deveria ter feito um canal.

[7:55] John: Puta que pariu, todo tipo de merda assim vai passar pela cabeça dela agora. Ela vai achar que tem culpa.

[7:56] Diego: *<foto anexada>* Manos, deem uma olhada nisso.

Abri a imagem e era um print dos comentários da última foto dela no Instagram. Era um microfone com a legenda "Livin' the dream". Os comentários variavam entre "puta, vadia, piranha" e alguns mais bem formulados, embora igualmente ridículos, como "vivendo o sonho de dar a buceta?", "esse também é meu sonho, Lolita" e afins. Era doloroso ler aquilo de pessoas que não conheciam e nunca nem ao menos a viram. Não tinha como ler sem sentir o estômago embrulhar com cada palavra.

[7:59] John: Não consigo ler essa merda

[7:59] Bruno: Nem eu. Denunciem todos os links que vocês encontrarem dela, rapaziada

[8:00] John: Já fiz isso. Só queria conversar com a pequena...

[8:00] Vini: Deixa o tempo dela, mano. Logo ela deve falar com você, com a gente e tal. É melhor só as meninas ficarem lá por enquanto. Mel me ligou chorando pra caralho mais cedo, eu nem soube como consolar... Ela pediu só pra eu ouvir, mesmo sem falar nada, porque não poderia chegar na casa da Lola naquele estado

[8:01] John: Todo mundo fica abalado junto, é impossível lidar numa boa com essa avalanche de merda. O que será que esse otário tem na cabeça pra estragar a vida de uma pessoa dessa maneira?

[8:01] Bruno: Tô evitando pensar nele pra não ir até a casa do filho da puta, pq eu perderia a razão. A mãe dela é advogada, vai saber cuidar da parte judicial. Vcs vão pra aula?

[8:02] John: Fazer o que lá? As provas acabaram e não tem clima nenhum pra ir

[8:02] Bruno: Quero falar com o diretor, acho importante irmos juntos. As meninas já ligaram lá, a mãe da Lola também

[8:03] John: Beleza

[8:03] Vini: Claro po, vou falar com a Mel pra ver se está tudo certo na medida do possível e passo no Diego, pode ser mano?

[8:04] Diego: Sim, to pronto já

Fui olhar as demais notificações. Nada da Lola, mas uma mensagem em especial me chamou atenção. Abri.

[7:30] Beca: Caramba, vc viu? :O

[7:30] Beca: *<link do youtube>* Lolita

[7:30] Beca: Eu sabia que o Leo era louco, mas não nesse nível HAHAHAHA

[8:06] John: Pirou, Beca? Tá rindo do q? Não repassa isso

[8:06] John: O Leo não é louco, é um otário. Covarde.

[8:07] Beca: E a Lola é santa? HAHAHAHA Brincadeira. Mas eu não repassei pra ninguém não, só pra você.

[8:07] John: Você ainda tá em 1800 pra falar assim de uma mulher? Porra, sério

[8:07] Beca: Nossa, John, cê tá enfeitiçado mesmo. Eu só tava bricando.

Não valia a pena discutir. Não mesmo. O mais assustador era uma mulher pensar dessa forma, uma mulher que fazia exatamente as mesmas coisas, mas se sentia superior por não ter sido vítima de um homem imbecil.

Abri novamente a conversa com a Lola, na esperança de ter alguma mensagem nova que simplesmente o celular não tivesse notificado. Nada. Resolvi lembrá-la mais uma vez do que eu jamais queria que ela esquecesse.

[23:33] Lola: Boa noite, lindo

[23:33] Lola: Até amanhã!

[23:35] John: Boa noite <3

[23:35] John: Quer carona amanhã?

[23:36] Lola: Sempre quero as coisas que você oferece. Menos molho agridoce! Eca!

[23:36] John: Besta hahaha Beijos!

[23:37] Lola: <3 =*

[7:00] John: Linda? Me atende

[7:10] John: Posso ir aí?

[8:11] John: Eu tô do seu lado. Não esquece. Você vai superar isso. Me deixa continuar ao seu lado, por favor.

Li e reli antes de enviar, mas não sabia mais o que dizer. Qualquer coisa poderia ser mal interpretada, então me limitei àquela mensagem.

Chegar ao colégio foi como chegar em um campo minado, com pessoas olhando e esperando alguma reação para que então pudessem falar algo. Os armários do corredor nunca pareceram tão distantes da entrada, e saber que aqueles olhares direcionados para mim estavam sedentos por alguma difamação ou zombaria era angustiante e nojento. Abri meu armário, guardei os dois livros de química que tinha trazido e tranquei-o novamente. Bruno, Diego e Vinícius chegavam também, foco dos mesmos olhares famintos por qualquer entretenimento à custa dos outros. Não nos cumprimentamos, apenas fomos direto ao ponto.

— O diretor acabou de chegar. Vamos? — disse Bruno, com uma seriedade que eu nunca tinha visto nele.

Assentimos, seguindo-o pelo corredor.

Ao bater na porta do diretor Armando, fomos imediatamente autorizados a entrar. Ele nos cumprimentou e pediu que sentássemos, mas somente Diego o fez. Eu estava nervoso demais para tornar aquilo uma reunião casual, porra. E sem a mínima paciência para enrolação.

— Bom dia, meninos. Imagino que estejam aqui por causa da Lola, certo? — perguntou ele, sério e sereno.

— Sim, sim. Queremos que as medidas cabíveis sejam tomadas imediatamente, como a expulsão do Leonardo, ex-namorado dela, o covarde que vazou intimidades da garota — respondi impulsivamente, tentando conter minha indignação por ainda termos que explicar alguma coisa.

— É inaceitável que somente ela saia prejudicada dessa situação, já que toda a vida da Lola vai mudar a partir de hoje. Graças a um covarde — acrescentou Bruno.

— Calma, calma rapazes — pediu Armando, levantando as mãos. — Nós não podemos interferir dessa forma na vida de um aluno, principalmente porque nada do que foi exposto usa o nome da escola. Poderíamos ser processados — explicou ele, calmamente.

Vinícius revirou os olhos, caminhando de um lado para o outro.

— O quê? — perguntou Diego com um tom de indignação.

— Vocês acham que não serão processados se não tomarem uma decisão? UMA DAS ALUNAS DA ESCOLA FOI EXPOSTA NA INTERNET POR OUTRO ALUNO DA ESCOLA! — gritei.

Bruno sussurrou ao meu lado, pedindo calma, mas como ficar calmo diante de uma situação dessas? O principal representante da escola estava simplesmente se isentando de qualquer responsabilidade. Que tipo de ser humano era esse?

— John, postura. Sei da gravidade do problema e vou conversar com o corpo docente, juntamente com os familiares dos envolvidos. O que peço é que esse assunto não manche o nome da instituição.

Eu gargalhei, nervoso.

— Seu Armando, com todo o respeito, foda-se o nome da instituição! Estudo aqui desde os dez anos e sempre ouvi que o bem-estar dos alunos vinha em primeiro lugar. Que merda de bem-estar vocês vão proporcionar para uma aluna que foi vítima de um ataque virtual? O que o Leonardo fez é CRIME. É mais bonito para a sua linda instituição se expulsarem ele antes que ele saia dessa merda de lugar algemado! — Vinícius resolveu falar.

Assenti, concordando em gênero, número e grau.

— Se isso tivesse acontecendo no Canadá, nem precisaríamos estar tendo essa conversa, porque pra mim parece ÓBVIO o que vocês devem fazer.

— Mas você está no Brasil, jovem. Entendo a revolta e a indignação de vocês e vou tomar as providências o quanto antes, peço que confiem em mim. Mais cedo estive no telefone com a mãe da aluna e sei da responsabilidade da instituição. Não será aceita provocação nenhuma, muito menos difamações decorrentes do material exposto. Fiquem tranquilos e ofereçam suporte a ela, deixem que nossa parte nós faremos.

Esperava, de verdade, que as palavras do diretor tivessem sido sinceras. Bruno agradeceu pela atenção e se retirou rapidamente. Eu, Vinícius e Diego o seguimos.

— A Ariel está me ligando! Silêncio, peraí! — avisou Vinícius. Paramos no corredor, antes de descer. — Oi... sim... tá bom... sei... sério?

A cada palavra dele, maior era minha curiosidade. Eu precisava ter noção de como as coisas estavam, se a Lola estava bem diante das circunstâncias, tudo!

— John, ela quer falar contigo.

Peguei o celular imediatamente.

— Oi, Ari, sou eu. Como ela está? Avisa ela que eu quero ir aí... — falei, ligeiramente desesperado.

— Calma, peste. Ela está mal, óbvio. E no momento não quer ver ninguém, estamos cuidando de tudo, pode deixar. Ela precisa de espaço e amparo feminino, deixa as coisas se ajeitarem melhor que logo vocês conversam. Ela sabe que você está e vai continuar aí, e isso que importa no momento. O que vim fazer foi te acalmar, dizer que tudo está sendo estudado e cuidado, a mãe dela prontamente deu início às medidas judiciais e nós já bloqueamos os comentários nas redes sociais dela. Inclusive optamos por não deletar nenhum vídeo, como ela disse que queria fazer assim que chegamos. Nós a convencemos a não deixar essa merda de homem, esse lixo humano do caralho, abalar a carreira linda que ela tem pela frente. Vai dar tudo certo.

Suspirei e vi que era egoísta da minha parte querer vê-la a qualquer custo.

— Entendi. Ari, por favor, vai me mantendo informado. Não deixa ela vir para a escola até alguma medida contra o filho da puta ser tomada. Ela não merece encarar esses olhares mesquinhos, interessados unicamente em ver o estado de tristeza em que ela está. E pra qualquer coisa, qualquer mínima coisinha, eu estou aqui, beleza?

— Obrigada, gringo! Vamos passar por isso juntas, como sempre passamos. É legal saber que temos o apoio de vocês. Depois te digo como as coisas estão se desenrolando. Até!

Devolvi o celular para Vinícius e contei para os garotos sobre a conversa.

Ao descermos, Bruno imediatamente nos chamou a atenção para o mural gigante que ficava ao lado da porta da cantina. Um cartaz dizia: "CUIDADO! Lolita está de volta!" E logo abaixo havia uma foto de Lola, se não me engano era a foto do perfil do Facebook. Fiquei enojado ao ver a que ponto o ser humano era capaz de chegar para se sentir minimamente bem consigo mesmo, precisando humilhar outra pessoa de todas as maneiras possíveis. Também pregada no mural, ao lado do cartaz, havia uma folha com a frase "CHEGA de machismo! REVENGE PORN É CRIME! Não seja cúmplice", assinada pela "Frente feminista" da escola. Uma onda de esperança no meio desse mar de chorume. Diego aproximou-se do mural e arrancou furiosamente o cartaz maior, rasgando-o e jogando o que havia sobrado no lixo.

— É inacreditável que existam pessoas apoiando o que aquele filho da puta fez — falei, ainda indignado.

— Aqui não é o Canadá, meu amigo. Não temos a mesma educação básica de vocês, não temos uma figura representativa que, de fato, nos represente. Direitos humanos são tratados como chacota por aqui. Agora você está tendo uma pequena noção disso — argumentou Bruno, visivelmente abalado.

Dei dois tapinhas nas costas dele, tentando consolá-lo de alguma forma. A verdade é que eu não tinha ideia de como agir. E estava assim desde a hora que acordei.

— Sinceramente só espero que nada disso chegue na Lola, e que ela passe por esse momento sem fazer nenhuma loucura — disse Vinícius, cabisbaixo.

— Como assim? — perguntei.

— Cara, às vezes é um peso que a pessoa não consegue carregar, entende? E acaba achando que não tem saída, que a solução é desistir. De tudo.

— Caralho, nem é bom pensar nisso.

Só a ideia me deixava angustiado, fazendo eu me sentir completamente impotente.

— Acho que vou pra casa. Seria legal se ficássemos juntos por lá, não é?! Caso as meninas precisem de alguma coisa — sugeriu Bruno.

— Vamos, agora é a hora de estar presente de qualquer forma — concordou Diego.

A tarde parecia não ter fim. Havia mais de duas horas eu estava encarando o teto cor de creme da sala do Bruno, esperando algum sinal de vida das garotas, principalmente da minha garota. Lola havia visualizado a mensagem que mandei mais cedo, mas não tinha respondido. Eu entendia completamente o isolamento, mas sentia falta dela. Não estava mais acostumado a passar um dia inteiro sem conversar com ela, muito menos um dia pesado como esse, em que o que eu mais queria era lhe dar um abraço e dizer que tudo ia ficar bem. Lisa ligou para Vinícius mais cedo, contando que tinha dado entrada no processo e que os vídeos já tinham sido removidos do YouTube, e essa foi a única notícia boa do dia.

— Gente, os covers dela estão com mais de meio milhão de acessos. Caralho! — avisou Diego, quebrando o silêncio que estava instaurado no cômodo havia pelo menos dez minutos.

— Acabei de ver isso — respondeu Bruno, mexendo no celular. — E está com mais de cem mil inscritos no canal. Não sei dizer se isso é bom ou ruim.

— O número aumentou consideravelmente por conta de uma situação merda. Que ao menos alguns desses sanguessugas gostem genuinamente da voz dela e continuem o canal por isso apenas — respondi, um pouco confuso. Ainda era muito cedo para qualquer especulação, mas eu estava tentando ser positivo.

— Mel acabou de me mandar mensagem. Disse que as meninas vão dormir lá na Lola hoje e que mostraram mais de cinquenta textos de apoio que outras mulheres mandaram para ela por e-mail — contou Vinícius.

— Como ela está?

— Mel disse que bem, na medida do possível. E as garotas não deixam ela ficar sozinha nem por um segundo.

Era bom saber disso.

Pedimos pizza e jogamos conversa fora até tarde da noite. Quando eu e Bruno estávamos nos preparando para jogar LoL, meu celular apitou. Era uma mensagem dela! Quase vomitei a pizza no susto, desbloqueando a tela depressa.

[22:20] Lola: Obrigada. De verdade

[22:20] Lola: Significa muito pra mim saber que você também tá do meu lado

[22:20] John: Oi, linda!

[22:20] John: Sempre. Pode confiar em mim pra tudo, qualquer coisa. Queria muito te dar um abraço agora!

[22:21] Lola: Você está de carro?

[22:21] John: Sim, tô no Bruno desde cedo.

[22:22] Lola: Vem aqui! Só por uns minutinhos, eu também quero te ver. Mas vem sozinho, tá?

Pulei do sofá no exato segundo que li a mensagem. Calcei o tênis e avisei os caras que iria vê-la, fazendo Bruno quase ter um infarto. Prometi que passaria todos os recados dele e fui correndo para a casa dela. Havia muito tempo eu não me sentia tão ansioso.

Torci para minha habilitação não ser confiscada, porque confesso que pela primeira vez na vida eu dirigi que nem um louco. Quando cheguei lá, imediatamente a porta da casa dela se abriu e avistei Lola descendo os dois degraus da entrada. Estava de pantufa, calça jeans e um moletom do Twenty One Pilots. O rosto, inchado e com olheiras, e ainda assim estava absolutamente linda. Corri até ela e não ousei falar nada, apenas a abracei forte. Segurei Lola nos meus braços na esperança de roubar dela um pouco daquela dor. Ela apoiou a cabeça no meu pescoço e respondeu ao abraço na mesma intensidade, fungando baixinho. Fiz cafuné, beijei sua testa, tentando confortá-la de todo jeito, sem soltá-la. Jamais gostei de ser o primeiro a me desvencilhar de um abraço, pois não sabia o quanto a outra pessoa precisava dele.

— Eu não consigo te olhar, não consigo te encarar de tanta vergonha que estou sentindo! Sei que vou ficar bem, mas não sei quando — disse ela, a voz falhando.

Meu coração ficou apertado. Abracei-a ainda mais forte.

— A única pessoa que deveria sentir vergonha nessa história toda é a que te expôs sem o seu consentimento, com o único propósito de te causar sofrimento. Você não fez nada de errado, ele fez. E vai pagar por isso. — Tentei confortá-la, mesmo que tudo parecesse pesado demais para ser dito.

— Como ele teve coragem de fazer isso? Eu não fiz nada para ele, John! Nada! Nunca falei um ai dele! Até ontem eu ainda cultivava um carinho enorme por ele ter sido meu primeiro amor! — lamentou, ainda com a cabeça afundada no meu pescoço.

Senti a raiva pulsando forte no meu sangue, mas fiz o possível para me acalmar. Era uma árdua tarefa falar daquele babaca sem perder a cabeça, mas eu precisava transmitir paz para ela.

— Você tem nosso apoio, ele não vai ter nada além de um processo nas fuças. A vida se encarrega de lidar com pessoas como ele, Lola. Tenta manter em mente que, quando essa tempestade toda passar, somente as pessoas que realmente gostaram da sua voz e do seu talento vão ficar e te acompanhar — falei, tentando não soar desesperado. — Para de pensar no que deu errado e começa a manter em mente que isso pode ter um lado bom.

Ela se desvencilhou do abraço em seguida, me encarando. Os olhos vermelhos, mas sem lágrimas.

— Não quero saber quem vai ou não ficar me acompanhando. Quero que isso passe — disse, ríspida.

Franzi a testa.

— Eu sei. Só estou tentando fazer você enxergar o que pode ser, talvez, a luz no fim do túnel nessa história toda — esclareci, notando que a expressão dela ficava cada vez mais fechada, séria.

— Vou entrar. Vai embora, John — ordenou, apontando para o carro.

Fiquei parado feito um espantalho, tentando entender o que eu havia feito, ou dito, errado.

— Lola, você deve ter entendido mal... — tentei me explicar.

— Vai. Por favor, vai embora. — Ela me interrompeu, recusando-se a ouvir o que eu tinha para falar.

Virou-se de costas para mim e entrou em casa, batendo a porta logo em seguida. Permaneci ali, imóvel, sem reação.

Será que aquele dia poderia recomeçar, por favor?

12

LIABILITY

Lorde

◀◀ ◀ II ▶ ▶▶

Lola • depois

Ansiedade. Esse era o sentimento que resumia os últimos cinco meses. E não, não era aquela ansiedade saudável que se sente às sextas pelo fim de semana que está por vir. Estou falando da doença, a ansiedade que dói, estremece, dilacera e não pede licença para entrar. Todo dia durante cinco meses esperei que, em algum momento, algo ruim fosse acontecer, porque eu não merecia passar um dia sem perder ar por não ser boa para nada. Mais de cento e cinquenta dias em que eu não conseguia controlar o choro, formigamento nos pés e as mãos trêmulas, eu simplesmente torcia para esses sintomas perceptíveis não aparecerem no meio do almoço ou de uma conversa que as meninas e minha mãe inventavam para me distrair.

Não existia preparação para lidar com aquele momento. Não existia príncipe encantado que me salvaria no final, não existia silêncio que não fosse ensurdecedor. Descobri que o silêncio não existia para quem tinha uma mente fadada a sabotar. A verdade era que ninguém realmente iria entender por que aqueles foram os piores 13 segundos da minha vida. Ninguém sabia como era acordar todos os dias pensando que as horas seguintes seriam pequenos testes de sobrevivência. Desde o primeiro momento, até uma semana atrás, todos os dias foram os piores da minha vida, tanto que eu não conseguia pontuar um só. Não se comparavam nem com o dia que eu havia descoberto a traição do meu pai, que fez com que minha mãe o colocasse para fora de casa.

Nos últimos cento e poucos dias, não fui só Lola, fui também Lolita na boca de muita gente mal-intencionada; fui piranha, vaca, vagabunda, vadia e puta. Fui culpada por ter feito sexo.

Li comentários que somente muitos anos de terapia me fariam, talvez, esquecer. Descobri que meu ex-namorado sofria não porque fui embora, mas sim porque segui em frente. Só saí de casa para ir até a delegacia e voltei imediatamente após o depoimento. Até a luz do sol me incomodava, porque me remetia à beleza da natureza, e qualquer coisa que pudesse me animar durante esses dias era drasticamente afastada de mim. Por mim mesma. Eu não conseguia lidar com a ideia de que, para algumas pessoas, eu não era um fardo ainda. Digo "ainda", porque eu passaria a ser. Era inconcebível pensar que meus amigos não estavam envergonhados de serem meus amigos.

Ariel, Melissa e Anna passaram todas as semanas ao meu lado. Digo, todinhas mesmo. Até tomar banho eu tive que fazer de porta destrancada, para garantir a elas que eu não tentaria fazer nenhuma besteira. Suicídio não era uma besteira; naquele estágio de depressão que eu estava já não raciocinava direito e achava que podia ser uma fuga. As meninas do coral também se mostraram muito solidárias e foram um dia à minha casa para conversar. Sei com toda a certeza do mundo que o que me salvou foi ter conseguido aceitar ajuda, chorando por horas seguidas e fazendo minha mãe ligar para todos os psiquiatras da cidade. Tive vinte e uma sessões, em casa mesmo, e fizeram com que eu, pelo menos, me esforçasse um pouco para ver o que eles, inclusive John, chamaram de "outro lado". O outro lado de ter a sua intimidade exposta e ver seu corpo virando entretenimento. O lado que é conhecido como "bom", ou seja, o lado razoavelmente humano de ter sido humilhada na internet justamente quando estava tentando trabalhar com ela.

Eu não tinha entrado para conferir meus vídeos; soube apenas pelas garotas que as visualizações dos dois já ultrapassavam a casa do milhão. Mesmo com os comentários desativados, as pessoas ainda estavam assistindo. Nos últimos dias, o assunto tinha morrido um pouco. A única rede que eu monitorava era meu Instagram, que configurei como privado horas depois do vazamento dos vídeos. Todas as outras redes, inclusive meu e-mail, estavam nas mãos das garotas. Nos primeiros dias, mais de trinta mil pessoas pediram para me seguir no Instagram. Quanto mais eu recusava, mais apareciam, de modo que não foi possível recusar todo mundo. Ontem, milagrosamente, o último nome foi descartado. Quando atualizei a página, só tinham cinco ou seis perfis pedindo aprovação. Comparando com o começo, aquilo poderia ser considerado um alívio.

Ainda sobre o lado razoável da exposição: os e-mails que recebi — majoritariamente de mulheres — do país inteiro. Eu nunca, jamais imaginei que o feminismo poderia ser uma forma de salvação, mas é. Em um desses e-mails, uma garota escreveu "mulheres são como águas, crescem quando se juntam" e essa frase virou o meu mantra desde então. A sororidade me salvou. Eu li e reli textos enormes sobre empoderamento, violência contra mulher, casos semelhantes ao meu, alguns até mais graves, principalmente envolvendo vítimas que não tinham dinheiro para processar o imbecil agressor.

Só quem passou pelo mesmo que eu poderia entender o sentimento de impotência e desespero de ter parte da vida exposta sem o seu consentimento. E eu também tinha certeza de que tudo de ruim que ouvi ou li sobre "Lolita" na internet não seria pior do que eu mesma já tivesse cogitado fazer. Quando cheguei ao fundo do poço, não acreditava mais em ninguém nem tinha esperanças de melhora.

— Filha, você não sabe como é bom te ver comendo novamente — disse minha mãe, enquanto temperava a salada do seu prato.

— A vida continua. É o que dizem, pelo menos.

— E te reserva coisas lindas — garantiu ela.

Dei um sorriso amarelo, impulsivamente. Os dias estavam melhores, mas era difícil passar mais de dois segundos sem pensar no que havia acontecido.

— Você ainda não respondeu as mensagens do canadense, Lola? — perguntou, mudando de assunto.

Revirei os olhos, negando. Além de não estar nem um pouco a fim de pensar em homem, John era uma incógnita para mim, sinceramente. Primeiro ele me dava todo o apoio e suporte, respeitava meu espaço, mas apesar de não me lembrar direito das coisas que fiz ou falei naquele dia, as palavras dele continuaram ecoando na minha cabeça por horas. Ele foi a primeira pessoa que me aconselhou a olhar o lado bom daquilo tudo, e eu simplesmente não aceitei. Porque quando alguém enfia uma faca na sua barriga, a pessoa ao lado não fala: "Ah, que pena, mas enquanto a ambulância não chega, vamos ver pelo lado bom: pelo menos você ainda não morreu." Me poupe! Tudo de que eu não precisava naquele momento era uma frase de autoajuda acompanhada de um olhar piedoso, como se ele me devesse algo porque eu estava completamente destruída. Esse olhar também veio das garotas, mas eu intervim e pedi que parassem de uma vez com aquela merda. Não havia nada mais triste do que ser digna de pena.

— Filha, me desculpa falar isso, mas você está sendo muito dura com ele. O rapaz não falou nada tão grave assim!

— Não? Porra, ele foi extremamente egoísta ao falar de coisas boas quando minha vida tinha sido destruída em segundos. Eu só queria um abraço.

— É claro que entendo sua raiva naquele momento, o que quero dizer é que ele não falou com a intenção de te machucar.

— Não tenho cabeça para conversar com ele ou sobre ele agora, mãe. E agradeceria se esse assunto não fosse levantado sem que eu o inicie. Não estou a fim de ouvir as explicações dele, depois de eu ter que me explicar e blá-blá-blá. Ele já sabe que eu o desculpei, só preciso de um tempo sozinha — admiti, suspirando.

— Tudo bem, filha. Você só não pode se fechar para o mundo. É compreensível, mas não é certo. E você sempre optou pelo certo, não é?! — lembrou ela, e fiz que sim.

Ela estava certa. As meninas também, pois todas falaram a mesma coisa. O que elas não entendiam é que eu não queria lidar com ele naquele momento. Na verdade, não queria lidar com homem nenhum. Nem ao menos queria exigir ou cobrar que John ficasse esperando por isso. Eu estava deixando as coisas acontecerem no tempo certo, e ainda não era hora de ter conversas profundas, que eu sabia que iriam mexer com o meu psicológico, afinal ainda estava apaixonada por ele. E a paixão também precisava ficar em segundo plano. Demorei até para decidir denunciar o Leo, de quem não sentia mais nada além de nojo. Lembrei a conversa que tive com minha mãe naquele dia, e as palavras dela ficaram marcadas no fundo da mente a ponto de eu conseguir reproduzi-las sem esforço: "Enquanto sua mãe, minha vontade é ir agora mesmo na casa dele e resolver isso do meu jeito. Mas, enquanto advogada, também sei que o que parece certo nem sempre é, e meu dever é agir dentro da legalidade. Você precisa, sim, denunciá-lo, filha. Não vou te dizer que sei como você se sente, mas compartilho da sua dor. A sua feição dói em mim também, porque amor materno transcende qualquer razão." Minha mãe era uma profissional tão boa que até conseguiu me convencer. E não foi fácil, viu?!

Peguei o celular, ainda receosa em ver minhas redes sociais, e atualizei minha linha do tempo do Instagram. É claro que ele seria o primeiro a aparecer, por que eu pensei que seria diferente? Por que pensei que a vida não iria me sacanear dessa vez, né?! Era uma foto ridiculamente linda do John e do Buddy, o cachorro da família, em um campo enorme e verde. A legenda, curta e direta: "Miss you." Eu também, pensei. Abri a conversa com ele e percebi que a última mensagem dele havia sido enviada na manhã do dia anterior, mais um pedido de desculpa. Mordi o lábio e respondi impulsivamente.

> [11:13] John: Desculpa qualquer coisa, tá? Saudades de você. Estamos oficialmente de férias! Desejo que você aproveite esse tempo para curtir e praticar ainda mais sua voz. Dizem que a prática leva à perfeição, então imagino que você já deva ter nascido praticando.

Sorri abobalhada ao ler a última frase e só então lembrei que já havia passado tempo suficiente para estarmos de férias de novo. Tive aula em casa durante todos esses meses, mesmo quase de recuperação, essa era a última coisa com que eu me importava. Só queria garantir que aquilo tudo não atrasasse o término do meu Ensino Médio, ainda que ele tenha sido eternizado em mim da pior maneira possível. Os professores me ajudaram muito também, mesmo que a escola ainda não tivesse tomado atitude nenhuma em relação ao criminoso que me expôs.

> [13:43] Lola: Também estou com saudades, e eu te desculpo. Só quero, de verdade mesmo, usar esse tempo não só para praticar (estou longe da perfeição :P), como também para me dedicar à minha saúde mental, colocar tudo em ordem e recomeçar a vida. A última parte eu já fiz, mas tá sendo bem complicado.

Ele apenas visualizou a mensagem. Não sei se havia ficado chateado com minha decisão de tirar um tempo para mim, mas deveria ser outra coisa. E eu não estava com cabeça para lidar com o problema dos outros também, por mais egoísta que isso soasse; precisava ter um pouco de amor-próprio. Às vezes, a maior prova de amor que podemos nos dar é justamente abrir mão de algo que gostamos e desejamos muito se não estamos preparados para lidar com aquilo. E era assim que eu me sentia. A vida não se resumia a encontrar alguém que vá nos querer acima de tudo ou perder alguém que amamos muito. A gente não podia nem devia se envolver com uma pessoa sem antes estar bem com nós mesmas.

Com nosso corpo, nossa mente, nossa essência. Aprendi que amor-próprio não era o mar de rosas que os filmes contam, mas é necessário, mesmo sem todo aquele glamour. Só ele pode te salvar dos seus pensamentos mais sombrios. As pessoas associam que viver intensamente era sinônimo de encarar aventuras e fazer o que tem vontade, mas, para mim, viver intensamente era aprender aos poucos e com coragem a se amar em um mundo que fazia questão que nos odiássemos.

— Lola, o Bruno tá querendo vir aqui! De boa? — gritou Melissa da cozinha, me acordando do transe.

— Sim, por mim está tranquilo — retruquei, enquanto brincava com os cachinhos da Nina, sentada ao meu lado, acabando de tomar o seu suco pós-almoço.

O cabelo dela era tão maravilhoso... e chegava a me doer saber que a sociedade era doente a ponto de julgar até mesmo um tipo diferente de CABELO. Mais de uma vez ela reclamou dos coleguinhas rindo dos penteados dela. Isso era doentio.

— Ele disse que vem amanhã, já que hoje os meninos vão dormir lá na casa dele, aproveitando a última noite antes dos pais dele chegarem. — Melissa me chamou de volta para o mundo real e eu assenti.

Sentia falta do nosso grupo reunido.

— Anna e Ari vão passar no mercado e chegam daqui a pouco. Quer alguma coisa de lá?

— Estabilidade emocional — brinquei, mas infelizmente a brincadeira não destoava tanto da realidade.

Melissa me mostrou o dedo do meio e eu mandei um beijinho.

— Quero jujuba! — pediu Nina, alheia ao que estava acontecendo e me fazendo sorrir com a inocência dela.

— Lembra aquela música que gravei um dia antes do caos? — Ela fez que sim. — Estou pensando em postá-la. Sem liberar os comentários, nada disso. Mais como um desabafo, até mesmo uma resposta para esse momento da minha vida. Não sei, só sinto que preciso mostrar para as meninas mais novas que me seguem que ainda estou aqui. E essa música não sai da minha cabeça.

— Amiga, estou do seu lado. Se é isso que você quer, é óbvio que vou te apoiar e morrer de tanto orgulho, como sempre.

O fato de ter as meninas ao meu lado durante esse período turbulento fez todo o processo de recuperação acontecer mais rápido, por mais que, para mim, os primeiros dias tenham passado com a lerdeza de uma década. Eu não gostava nem de, simplesmente, imaginar onde poderia estar sem o apoio delas desde a primeira hora daquela manhã infernal. Foram elas as primeiras a me fazer parar de repetir que eu era um fardo para os outros. Graças a elas, aceitei ajuda, reaprendi a sorrir e descobri que o mundo só pode nos ofender se dermos esse poder a ele.

Subi as escadas rapidamente e fui direto para meu computador. O vídeo já estava editado, eu só precisava clicar em "Publicar", ali no canto superior direito. Eu queria isso, precisava disso. Música era minha forma favorita de expressão, então eu fiz. Imediatamente desliguei o monitor e deitei na cama. As pessoas que me acompanham teriam uma resposta sobre esse período da minha vida, e "I Am Mine", do Pearl Jam era a música perfeita para representá-lo. Pensei diversas vezes em gravar um cover de uma daquelas canções sobre superação de coração partido, mas esse momento da vida não era sobre o Leo, nem homem nenhum. Era sobre mim. Sobre como eu era a heroína da minha história. Uma mensagem, um apelo para todas as mulheres que algum dia já se sentiram menores do que são. Era uma forma de agradecer-lhes por não terem me deixado desamparada.

Ariel chegou abrindo a porta do meu quarto e falando alto, como sempre.

— Meu amor, como estão as coisas? — perguntou, se atirando na cama ao meu lado. — Anna e Mel vão fazer brigadeiro pra gente, obrigada Jesus!

— Estão bem. Melhores que ontem, e provavelmente piores que amanhã. — Dei de ombros.

Ela suspirou e se sentou, me encarando.

— Os dias vão ficando mais leves com o tempo, eu prometo. Mel me disse que você resolveu publicar o vídeo que tinha gravado, isso é ótimo. Acima de tudo, essa loucura de vida continua. E a senhorita está rodeada de pessoas que te amam muito. — Sorriu apontando para si.

Revirei os olhos e sorri genuinamente.

— Hoje, na hora do banho, eu estava me lembrando de quando eu e o John brincamos de fazer três perguntas um para o outro. Poderíamos perguntar qualquer coisa e éramos obrigados a responder com sinceridade. Na segunda ou terceira dele, ele me perguntou o motivo de eu ter terminado com o Leonardo. Me lembro de ter respondido algo como "terminei porque não estava mais feliz", mas foi mentira. Perdi o jogo nesse momento e o John nem sabe disso. O meu namoro só durou tanto tempo porque, no fundo, eu queria ser aniquilada mais do que queria ser amada. Não terminei porque simplesmente não estava mais feliz. Terminei porque um dia, de repente, percebi que ele me fazia ter ataques de pânico e eu chamava isso de amor. E o pior tipo de crise é aquela que começa com um sentimento estranho e continua crescendo por horas, às vezes dias, te deixando completamente alheia ao mundo real. É um grito silencioso dentro da sua mente, que vai ficando cada vez mais insuportável, chegando ao ponto em que você procura por outras formas de desligar seu cérebro, já que dormir não adianta mais. Era isso que eu sentia, por isso terminei. Eu menti na brincadeira.

Voltei a encarar Ariel e percebi que ela respirou fundo antes de me responder, aparentando estar assustada com minha confissão repentina.

— Você não mentiu, amiga. Só levou um tempo para perceber que a verdadeira causa do término foi essa. O nome disso tudo que você descreveu é relacionamento abusivo. A maioria das pessoas não sabe quando está vivenciando esse tipo de relação — disse, me deixando um pouco confusa.

Olhei para o teto.

— Como pude deixar ele dominar tão bem meus sentimentos? Como pude entregar meu coração a uma pessoa tão pequena? — questionei, mas sem querer ouvir as respostas.

— Lola, olha pra mim. O seu coração está em boas mãos agora. Nas suas.

13

SAVE MYSELF

Ed Sheeran

◀◀ ◀ ‖ ▶ ▶▶

Eu realmente não esperava mais de trezentas mil visualizações em menos de vinte e quatro horas. A vida parecia muito estranha no momento, mas o que me restava era aceitar e acolher cada instante, esse era um conselho do psiquiatra que eu estava levando ao pé da letra ultimamente. E digamos que estava sendo bom. A cicatrização acontece em camadas. Eu finalmente estava entendendo o que significava não desperdiçar meu pôr do sol com pessoas que não estariam lá para ver o amanhecer ao meu lado.

Ouvi a voz estridente de Bruno enquanto ele subia as escadas, provavelmente vindo me acordar.

— É AQUI O QUARTO DA BELA ADORMECIDA? Vai dormir por mais quantos anos, meu anjo? — gritou, puxando o cobertor e batendo nos meus pés.

— Que conveniente, adorei, viu?! — ironizei, colocando as mãos no rosto. — Você já está até falando as mesmas gírias que aquele seu casinho. Não tem mais volta!

— Me poupe, Lola! — Ele deu de ombros — Aquele lá foi um caso de uma semana só. E algumas ligações de madrugada, mas isso eu deixo quieto — confessou.

Abri a boca, surpresa.

— Você é péssimo! — exclamei, ainda rindo da cara de pau dele.

— Quem come quieto, come duas vezes, meu amor. — Piscou. — Agora levanta de uma vez, você PRECISA ver o seu e-mail urgentemente.

— O que foi? Se for sobre o vídeo, eu já sei que ultrapassou trezentas mil visualizações. Foi a primeira coisa que chequei quando acordei, minutos antes de você chegar berrando aqui — afirmei, emburrada ao lembrar aquela gritaria logo pela manhã.

— Brother, não é sobre isso. Quero dizer, é mais ou menos — disse ele, confuso.

Franzi a testa, mais confusa ainda com o papo. Melissa chegou correndo, toda descabelada, também gritando. Que merda era aquela?!

— ELA JÁ VIU? VOCÊ JÁ MOSTROU? — perguntou, eufórica.

Levantei o corpo e sentei imediatamente na cama, curiosa.

— Não. Mal acordou ainda, imagina ver o e-mail... — Bruno estava de braços cruzados, esperando eu acessar e ver o que quer que fosse o assunto por conta própria.

— Gente, na boa, vocês estão me assustando. Tem certeza de que é algo tranquilo para eu ver? Se for gracinha de vocês, vou ficar muito puta. Tão avisados.

— Que saco, garota. Entra logo na merda do e-mail! É o primeiro da caixa de entrada, eu marquei com uma estrelinha de favorito! — disse Melissa, praticamente atropelando as palavras ao formular a frase.

Eu ri do desespero dela e cliquei no ícone do aplicativo.

— Prezada Lola, GW Records? — Li em voz alta sem querer. Arqueei a sobrancelha antes de clicar. — Que isso?

— LÊ O E-MAIL! — gritaram ao mesmo tempo, me fazendo arregalar os olhos e finalmente clicar no maldito.

Prezada Lola,

Meu nome é Harry, sou representante da GW Records (e o único que fala e escreve português sem precisar de tradutor, risos).

Estou entrando em contato, primeiramente, para lhe parabenizar pelos vídeos no YouTube. Além de terem nos enviado seus vídeos, nós mesmos estamos sempre de olho nas novas estrelas que nascem com a internet, e acreditamos que você seja uma delas. Sua voz é diferente, você provavelmente já ouviu isso, certo? Mas agora o elogio está vindo de um produtor musical. Você tem muito talento e, consequentemente, um futuro brilhante no mundo da música. Não estamos dispostos a deixá-la passar despercebida e acabar sendo contratada pela concorrência!

Gostaria de te fazer um convite. A sede de nossa empresa fica em Nova York, um dos berços da música e das maiores celebridades do mundo. Você aceitaria passar quatro dias aqui, como nossa convidada, para conhecer a produtora, fazer alguns testes vocais e, talvez, conversarmos sobre como podemos firmar uma parceria? O que acha? Infelizmente não posso dar garantia de contrato fechado, mas eu diria que já tem meio caminho andado.

Ah, e é claro que os gastos seriam por nossa conta: passagens, alimentação e hospedagem. O único problema é que, como o inverno está começando aqui, esta é a última semana para contratações, por isso precisávamos de uma resposta rápida. Caso precise de visto, nos avise o quanto antes e cuidaremos disso pra você também.

E aí, Lola, vamos apostar no seu futuro?

Para conhecer os novos talentos contratados pela GW, acesse nosso site. Meu número está na assinatura do e-mail, pode me ligar a qualquer hora.

Estamos no aguardo,

Abraço!

Harry C. Teller
Produtor Musical
Phone (212) 932.2300

Fazia mais de dois minutos que eu estava parada, estática na minha cama. A única coisa que conseguia fazer era piscar sem parar e permanecer encostando o dedo na tela do celular todas as vezes que ele ameaçava apagar a luz. Quando pensei em dizer para Melissa e Bruno que aquilo deveria ser algum tipo de brincadeira de mau gosto, eles me mostraram o site da empresa. E aí precisaram lidar com o grito que dei ao ver a foto do meu youtuber favorito, o Ed, do *Letra & Música*, na aba dos músicos contratados por eles. Eu simplesmente não sabia o que fazer! Não sabia se corria para contar à minha mãe, se respondia depressa que aceitava, se pensaria melhor e provavelmente arranjaria algo que me impedisse de ir...

— FALA ALGUMA COISA, CARALHO! — gritou Melissa, de repente, me assustando e ao Bruno.

Raramente a víamos falar algum palavrão, então era sempre engraçado quando acontecia. Eu gargalhei antes de responder.

— Não sei o que falar, juro. Estou achando, de verdade, que é alguma pegadinha ainda. Não pode ser verdade — afirmei com veemência.

A minha única certeza do momento era a de que eu precisava compartilhar aquilo com John. Ele sempre me dizia quão exótica minha voz era, então eu precisava urgentemente dividir minha felicidade com ele. Abri o whatsapp e fui, sem rodeios, clicar no nomezinho dele.

— Ué, John se rebelou e apagou a foto do whats? — perguntei, rindo em seguida.

Bruno titubeou antes de me responder, o que me fez encará-lo. Ele ajeitou o topete loiro e colocou a mão no bolso, agindo de uma maneira no mínimo estranha.

— Ahn... ele voltou para o Canadá — disse, hesitante.

Semicerrei os olhos e fiquei de boca aberta e ofegante, sem conseguir disfarçar a surpresa. Como assim ele tinha voltado para o Canadá? O quê? Como ele foi embora sem me falar nada? Tapei a boca e senti que meus olhos estavam prestes a lacrimejar. Simplesmente não estava acreditando que eu ia chorar por causa de um cara que preferiu me deixar para trás a avisar que estava indo embora. Melissa percebeu que eu havia ficado desnorteada com a notícia e se sentou ao meu lado, tentando me confortar de alguma forma.

— Eu não acredito que ele foi embora assim! Do nada, no meio da minha tempestade pessoal e sem dar satisfação nenhuma — falei, segurando as lágrimas, porque eu realmente me recusava a chorar por um cara ao mesmo tempo que relia o e-mail que poderia decidir meu futuro.

— Deixa de ser burra, Lola! É claro que ele não foi embora PARA SEMPRE — Bruno deu ênfase —, foi só visitar a família. Pelo que sei, ele estava planejando começar a faculdade aqui. E sejamos sinceros, você não deu muita abertura para ele falar qualquer coisa que fosse. Ele respeitou isso, eu inclusive acompanhei diariamente a luta interna dele para não te ligar ou mandar mensagem.

Senti um misto de alívio e culpa, mesmo sabendo que fiz o que tinha que fazer.

— Ele foi quando?

— Hoje, mas deve chegar só depois de amanhã. Ele ia passar uma noite em São Paulo, sair com uns amigos de lá. — Senti meu estômago se revirar inteiro ao me lembrar da tal ex, a que era paulista.

Mas eu sabia que não estava em posição de sentir ciúme, então apenas aceitei que, às vezes, algumas coisas estão fora do nosso controle. Principalmente se essas coisas são sentimentos. Não conseguimos nem ao menos controlar os nossos, imagine os dos outros?

— Amiga, só queria te lembrar que VOCÊ TEM UM CONVITE PENDENTE! Com o John você se resolve depois, mas Nova York tem pressa, meu amor! — Melissa me fez acordar para a realidade que, pela primeira vez em semanas, não era tão assustadora.

Pela primeira vez nos últimos cento e tantos dias, consegui sentir um pouquinho de algum sentimento muito parecido com felicidade.

— VOCÊ TEM QUE RESPONDER ESSE CARA AGORA MESMO! — Bruno estava quase mais empolgado que eu.

— Primeiro eu preciso falar com a dona Lisa. Ver o que ela acha disso, se ela autoriza, se vai me dar pelo menos um pouco de grana pra levar como garantia... — falei, ainda olhando a tela do celular.

— Amiga, o que poderia dar errado? Fala sério! — exclamou Melissa, animada.

— Há algum tempo eu tento não fazer essa pergunta a mim mesma, principalmente porque acredito que a gente atrai o que pensa, e ficar cogitando as coisas que poderiam dar merda não me faz muito bem, não — expliquei, vendo-a sorrir discretamente, aparentando estar nervosa.

Descemos as escadas quase correndo, com Bruno tagarelando sobre a Estátua da Liberdade e que o museu de História Natural de lá era o melhor lugar que ele já tinha visitado. Minha casa, que sempre teve um ar gelado, estava aconchegante e quentinha naquela manhã. Por alguns segundos, me perguntei se o clima do nosso lar poderia ser pautado pelas nossas emoções, mas logo acordei de mais essa epifania. Ao me deparar com minha mãe na cozinha, preferi não dizer nada. Respondi ao "bom-dia" dela e imediatamente, entreguei a ela meu celular com o e-mail aberto.

O cabelo dela, que sempre estava preso, formava um coque alto. Minha mãe parecia estar mais bonita que em todos os outros dias, especificamente por conta do novo penteado, que mostrava mais seu rosto. Eu gostaria de parecer um pouco mais com ela, ter pelo menos o queixo perfeito, ou os olhos amendoados, que diziam muito sobre ela. Não sabia o motivo, mas ela estava ainda mais linda. Imaginei que havia terminado de ler o e-mail quando levou a mão à boca e os mesmos olhos amendoados transbordaram de lágrimas. Sorri, tentando acalentá-la, mas ela sabia que aquele sorriso era muito mais que isso. Aquele sorriso representava a garoa que refrescava depois de uma semana inteira de seca.

— Filha, meu Deus! — Foi tudo que ela conseguiu dizer antes de me abraçar forte.

Imediatamente abracei-a, sorrindo feito boba.

— Eu também não acredito! Como assim?

— Você merece tanto. Não consigo explicar quão orgulhosa estou, não cabe em mim. E olha que tenho 1,78m! — brincou, se desvencilhando do abraço e me dando beijos por todo o rosto.

Era muito bom me sentir amada dessa forma.

— Vamos responder de uma vez, temos uma mala para arrumar em pouco tempo! Como está o clima em Nova York? — Em uma fração de segundo, ela se empolgou da mesma forma que os meus amigos.

— Acabei de avisar as meninas! Ariel vai buscar a Anna no pai dela e elas vêm aqui! — contou Melissa, pegando dois biscoitos amanteigados que minha mãe tinha acabado de tirar do forno.

— E você, mocinha, reclamou de quando tirei o visto ano retrasado para você e sua irmã, não é?! Ouvi resmungos por dois dias, pois foi na semana de apresentação do coral e a senhorita estava completamente absorta naquela performance durante aqueles dias, cruz-credo! — Minha mãe, como boa escorpiana, desenterrou só para jogar na minha cara. Novidade? Não mesmo!

— Tá, mãezinha, desculpa... — falei, forçando um sorriso angelical e provocando as gargalhadas de Bruno e Melissa. Ela semicerrou os olhos, desconfiada.

Respondi o e-mail da produtora imediatamente após minha mãe autorizar toda aquela loucura. Claro que precisei de ajuda ao digitar. Minhas mãos estavam tremendo e eu ainda desconfiava de que aquilo fosse um sonho, ou uma pegadinha muito bem articulada de qualquer programa de auditório brasileiro. Não conseguia pensar que, de fato, pessoas especialistas no ramo da música se interessariam pela minha voz a esse ponto. Quando eles enviaram as passagens e todos os papéis para hospedagem por lá, juntamente com o endereço da produtora, minha mãe ligou para Harry e conversou um pouco com ele por telefone, para se sentir mais segura de me deixar viajar sozinha.

Quando eles falaram que precisavam de uma resposta rapidamente, pensei que fosse historinha só para eu não demorar a responder, mas me enganei. O voo havia sido comprado e saía nada mais, nada menos do que amanhã à noite! Eu chegaria a Nova York pela manhã. Tínhamos uma longa e árdua jornada: arrumar a mala. Decidimos esperar Ariel e Anna chegarem, pedimos pizza para tentar agradá-las e, em seguida, enfiamos as duas na presepada da mala, afinal, amizade funcionava assim.

Nossa, eu estava indo pra Nova York! Iria conhecer o Central Park e me lembrar de todas as cenas de *Esqueceram de mim*! Iria passar por vários cenários que aparecem em *Friends*! Eu não só estava indo para o exterior, estava indo conhecer a produtora de um dos meus cantores favoritos. Isso sempre foi tudo que sonhei, almejei e aspirei desde que comecei a cantar.

Então, por que um sentimento de vazio ainda se fazia presente numa partezinha do meu coração?

14

SCARS

James Bay

◀◀ ◀ ‖ ▶ ▶▶

Conseguia me lembrar da sensação de ter acordado naquele treze de dezembro. Abri os olhos e, na mesma hora, tateei minha cama e meu corpo, me dando conta de que aquilo tudo era real oficial. Olhei para o teto rosa-bebê e o encarei, pensando que amanhã eu acordaria e teria um cenário diferente diante dos meus olhos. Minutos depois, Ariel, Melissa, Anna, Diego, Vinícius, Bruno e até a Nina pularam em cima de mim. Segundo eles, era para me desejar boa sorte. A única coisa que senti foi dor nas costas mesmo.

As primeiras quinze horas daquele dia se resumiram perfeitamente a meus amigos e família desesperados e eu absorta em pensamentos, ainda com dificuldade de entender os últimos dias. Há pouco menos de um mês, eu estava jogada na minha cama, sem perspectivas de vida e cogitando fazer qualquer coisa que pudesse anestesiar um pouco aquela dor insuportável, insustentável e recorrente. Era uma dor perigosa, até pensar nela me assustava e me deixava receosa, com medo de tudo acontecer novamente. Eu não conseguiria passar por aquilo de novo.

O caminho até o aeroporto mais pareceu uma carreata do que uma despedida, pois além do carro da minha mãe, Bruno, Diego e Vinícius dividiram um e Anna, Melissa e Ariel, outro. Todo mundo chegou buzinando e eu quase morri de tanta vergonha.

— Meu Deus, vou morrer de saudades! Vamos fazer vídeo call todos os dias, por favor, amiga! — Melissa me abraçou, desesperada.

Eu sorri, franzindo a testa.

— São só cinco dias, gente... — falei, quase sussurrando.

— Cinco dias é tempo pra caramba longe de quem a gente está acostumada a ver todo santo dia! — retrucou Anna, correndo para me abraçar.

As palavras dela me acertaram e imediatamente lembrei dele. Por que sentimentos e pensamentos são tão involuntários? Merda. Queria tanto que John estivesse participando desse momento... mas ele já deveria estar a um oceano de distância, após passar as últimas horas com a outra garota. Ai ai. Homens.

— OUVIU, BROTHER? — gritou Bruno, estalando os dedos na minha frente.

— Quê? — perguntei, confusa.

— Está surda? Eu disse que quero praticamente um vlog das coisas que você estiver fazendo lá! Manda no nosso grupo! — implorou.

Revirei os olhos, sorrindo.

— Aquele grupo está cheio de teia de aranhas já! — exclamou Ariel, fazendo todos rirem.

Era verdade.

— Não estou nem aí, ele vai voltar à ativa agora então. Boa viagem, meu amor! — Ele correu para me abraçar, quase sufocando. Arregalei os olhos e tentei respirar enquanto Bruno me tirava do chão durante o abraço.

— Jesus, vou morrer! — brinquei, fazendo-o me soltar. — Cuidem desse homem, gente.

— Trouxa. Vai de uma vez! — respondeu ele, me fazendo gargalhar.

Vinícius e Diego gritaram "ABRAÇO COLETIVO" e, em menos de um segundo, me vi amontoada em tantos braços que pareciam não acabar mais, porém que também me acalentaram e abrigaram. E não só naquele momento.

— Não deixa de comer aquele cachorro-quente e contar se é tão bom quanto parece. Aposto que não, mas o Diego morreria para comer um — disse Vinícius.

— Vocês são ridículos. Tanta coisa pra pedir e olha o que preciso aguentar! — falei, indignada.

Sorri para os dois e pensei que sentiria falta até mesmo de comer pizza com esses idiotas.

— Me fala assim que o embarque começar, Lola. Não se esquece de comprar as coisas na farmácia que eu te disse, me avisa sobre todas as coisas. Não quero ter que ficar perguntando sobre tudo, hein! Não me tire do sério, já vou estar louca por ficar longe da minha filhota. — Minha mãe já estava lacrimejando.

Eu sorri e a abracei, tentando confortá-la e afirmando que a deixaria informada sobre tudinho.

— Boa viagem, mana! — Nina correu e eu a peguei no colo, abraçando-a com força.

Meu Deus, como sentiria saudades daquela coisinha!

— Te amo. Obedeça a mamãe, não vá dormir tarde e não ouse terminar de ler o novo livro de Harry Potter e não me contar o que achou!

Ela deu um sorriso sapeca e afundou a cabeça em meu pescoço.

— Também te amo! — respondeu, indo para o chão novamente.

— Te amo, filha. Boa viagem! Não esquece, esse é o seu maior sonho. Viva ele!

Mandei beijo para todos e, enfim, entrei na sala de embarque. Agora tudo aquilo estava começando a parecer real.

* * *

O pequeno receio que eu sentia de andar de avião dera lugar à ansiedade. A senhora que estava ao meu lado dormiu a viagem inteirinha, me deixando com certa inveja daquela habilidade incrível que faltava em mim. Dividi as horas no avião entre ler, ouvir música e ver seriado, inclusive *Grey's Anatomy* estava no catálogo! Era tudo de que eu precisava para não ver o tempo passar. E mesmo com tudo isso, o rosto de John se fazia presente na minha cabeça. Eu queria contar as coisas que estavam acontecendo, mas sei que ele tinha seguido em frente, assim como eu deveria fazer. Tive minhas cicatrizes beijadas por alguém que não as enxergava como uma tragédia, talvez por isso estivesse sendo tão difícil abrir mão desse sentimento.

Quando observei Nova York da pequena janela do avião, não tive dúvidas de que eu estava vendo meu sonho se tornar realidade. Eram luzes que pareciam infinitas, fortes o suficiente para fazer a cidade brilhar mesmo a milhares de quilômetros de distância. Eu nunca tinha visto nada igual. Uma lágrima teimosa insistiu em cair quando me deparei com aquela paisagem e eu me perguntava mentalmente se merecia, de fato, estar lá. Naquele lugar, naquele momento, vivendo o que parecia um roteiro de filme ou algo do tipo. Pensei nos últimos acontecimentos e em como eu achava que merecia passar por aquela dor insuportável. Ariel repetiu mil vezes que ninguém nunca iria merecer algo assim, mas a cabeça da vítima não funcionava dessa forma. A lição mais valiosa que tirei daquele momento foi a da força. Nunca soube quão forte era, até ser obrigada a perdoar alguém que não havia pedido perdão ou mostrado qualquer sinal de remorso, mas eu não conseguiria seguir em frente se não perdoasse o Leonardo. Se curar de uma ferida exposta não era fingir que nada tinha acontecido, mas sim conseguir viver com tudo que aquilo havia acarretado, e eu só conseguiria seguir em frente depois de perdoá-lo, mesmo que internamente, mesmo que esse perdão tenha ficado somente comigo.

O aeroporto parecia cenário de uma comédia romântica. Olhava feito boba para os lados, procurando alguma gravação, algum artista. Ou, quem sabe, se o amor da minha vida estava por lá para me buscar. E estava. Não necessariamente para me buscar, mas a música, a minha verdadeira alma gêmea, estava presente em tudo, desde o momento que fui a pessoa mais clichê do mundo ouvindo "Welcome to New York", da Taylor, até a hora que fui pegar um táxi e Frank Sinatra marcou presença no rádio. Tudo parecia um filme, era cada vez mais difícil perceber a realidade daquele instante Eu provavelmente nunca tinha vivido algo tão grandioso assim. Nem na primeira série, quando ganhei o prêmio do coral de cantora mais dedicada às apresentações, nem quando li o primeiro comentário de alguém aleatório me pedindo para postar mais covers. Nada poderia ser comparado àquele momento da minha vida.

Assim que cheguei ao luxuoso hotel, fui recebida pela recepcionista imediatamente, e ela inclusive já sabia meu nome. Eu conseguia me virar no inglês, então não tive muito problema ao conversar com ela e saber que meu quarto ficava no décimo quinto andar, de frente para o Central Park. Ela me avisou que tudo já estava preparado para mim e que eu poderia ficar à vontade. Agradeci pela gentileza e peguei o elevador. Tudo parecia banhado a ouro e remetia à riqueza, inclusive as portas douradas do elevador, que se abriram para mim como aquela cidade, aos poucos, fazia também. Escancarei a porta do quarto e corri para a janela gigante que ficava ao lado da cama.

— Meu Deus! É real! — exclamei ao encarar aquelas árvores tão verdes que pareciam ter a saturação aumentada numa espécie de photoshop natural.

Voltei a observar o quarto. As paredes eram amarelo-claras, sem quadros, apenas uma lista de regras do hotel e alguns avisos e depoimentos de pessoas que já estiveram por lá. Marilyn Monroe, Harry Styles, Elvis Presley e David Bowie estavam entre os antigos hóspedes! Socorro! A cama poderia suportar umas cinco Lolas e achei um envelope e um papel em cima dela. Curiosa, li o bilhete depressa. "Bem-vinda, Lola! Me ligue assim que chegar ao hotel, ok? Abraço, Harry." E um número logo abaixo. Peguei o celular e, após avisar o pessoal todo que eu estava sã e salva, disquei os números.

— Hello? Lola? Alô? — atendeu uma voz grave e presente.

— Oi... Harry? — perguntei, tímida.

— Ah, oi! Então Lola, estou no meio de um teste, serei rápido. Hoje você tem o dia livre e amanhã o motorista da empresa vai te buscar bem cedo.

— Tudo bem. Mal vejo a hora!

— Nós também não! Inclusive, antes que eu me esqueça, essa carta em cima da sua cama é do John, beleza? Ele pediu que fosse a primeira coisa a ser entregue.

Não sei dizer se Harry falou mais alguma coisa depois daquilo, pois não ouvi. Só podia ser piada mesmo. Como assim? Harry conhecia o John? Como John sabia que eu estava lá? De que John ele estava falando? Ah, meu Deus, imagina se é apenas um funcionário deles!

— Lola?

— Oi, ahn, er... John? Que John? — perguntei, mesmo com a voz falhando.

— Ué, o John... sobrinho do George! George Wright, o dono da GW Records. O sobrinho dele nos enviou seu vídeo há aproximadamente um mês, o primeiro do canal. Quando pedimos que ele conversasse contigo, John disse que preferia fazer surpresa e pediu que entrássemos em contato. Mandou essa carta por e-mail e pediu que George entregasse quando você chegasse! — explicou ele.

Fechei os olhos e assim permaneci por alguns segundos, tentando responder qualquer coisa que fosse sucinta o suficiente para não chorar no meio da frase. As coisas faziam um pouco mais de sentido.

— Certo, Harry... entendi. Até amanhã, então? — Eu precisava desligar e ler logo aquela maldita carta.

— Até! Aproveite para descansar da viagem. Tchau!

Eu me sentei na cama e encarei o envelope azul, fechado com um selo dourado. Não tinha nada escrito na frente dele, então o peguei para conferir se a parte de trás estava vazia também, e estava. Coloquei o envelope mais perto do meu nariz. Imediatamente meus olhos lacrimejaram. Era o maldito cheiro do carro, que antes me deixava ainda mais louca por ele e me fazia chorar de saudade dos momentos que vivemos. Abri o envelope e o perfume se intensificou, me fazendo fechar os olhos e projetar nossas noites, fossem elas quentes ou não. Não sabia de qual eu sentia mais falta.

A folha estava dobrada e, ao ler a primeira linha, com meu nome escrito, caí no choro. E assim continuei até o final.

Lola,

Saber que você está a um avião de distância é tentador, mas tenho consciência de que falhei da forma mais injusta com você: não soube lidar com a sua dor. Você já está cansada de pedidos de desculpas vazios, mas prometo que o meu vem acompanhado de um sentimento tão forte que me deixa sem dormir só de pensar que posso ter sido, por um momento sequer, a causa do seu sofrimento. Nunca vou me arrepender tanto de algo quanto das chances que não aproveitei com você. Me desculpa por não saber exatamente como curar suas feridas, mas onde eu poderia tocar se você estava em pedaços? Como poderia curar uma mágoa que parecia ser intrínseca à sua pele? Como tocar em alguém que está machucada em cada partezinha de si?

As melhores noites da minha vida foram as em que dormi ao seu lado, não sabendo onde você terminava e eu começava. Eu inventava assuntos só para ouvir sua voz, contava piadas ruins só para ouvir sua risada. Sei que suas sardinhas na bochecha direita formam um coração. Sei que você tem uma cicatriz na coxa esquerda e que sempre mor-

de o interior do lábio quando quer discutir com alguém, mas prefere se conter. Eu conheço você. A única mentira que já te disse durante esse tempo foi a de que eu gostava de você, quando na verdade, já te amava.

Nesse momento, escrevo essa carta olhando para o pôr do sol e percebendo que finais também podem ser bonitos. Não pude fazer nada para impedir que você fosse, mas posso te falar que o que quer que sejamos hoje, ainda vou me lembrar do que fomos ontem. E mesmo tendo certeza de que você não precisa de ninguém, também sei que, um dia, você vai achar um cara que perceba tudo que percebi e que vai se apaixonar da mesma forma que me apaixonei, mas ele ainda vai estar suscetível ao erro. Quando ele errar, por favor, lembre-se de que eu vou estar aqui te esperando.

E mais uma vez, me desculpa.

John

IF I DIE YOUNG

The Band Perry

◀◀ II ▶▶

Notas da autora

[SPOILER ALERT]

Quando escrevi o primeiro rascunho deste livro, tinha quinze anos e estava acompanhando diariamente a luta interna e externa de uma amiga que havia sido exposta na internet pelo ex-namorado. Vou chamá-la de A. Ela tinha doze anos, quase treze. Muitos falavam que aquilo tudo seria bom para ela aprender, afinal estava namorando cedo demais. Outros falavam que sentiam pena, porque depois disso ela jamais arranjaria outro homem, como se esta fosse a maior de suas preocupações e a pior das consequências. Sabe quantas pessoas comentaram sobre a atitude deplorável do rapaz? Nenhuma. Sabe quantos dedos foram apontados para o homem que tinha acabado de roubar a adolescência tranquila e vívida de uma menina? Nenhuma. Por isso comecei a escrever esta história, porque me deixava desesperada passar noites em claro tentando explicar aos outros que não culpar a garota era o mínimo a se fazer naquela situação. A fragilidade da mente dela naquele momento já estava sendo o bastante para tentar suportar.

Eu queria que o Leo desta história fosse o homem bom e carinhoso que ele era com a Lola no início do namoro. Queria, de verdade, que o Leo tivesse uma punição mais severa do que um soco na cara, que com uma ou duas compressas de gelo logo se cura, ao contrário do estrago que ele causou na vida de Lola. Queria que os tantos amigos da A. tivessem sido tão presentes quanto os poucos da Lola foram. Queria que existisse uma frente feminista naquela época, porque eu saberia que a A. não teria só meia dúzia de gente ao lado dela. Queria que a minha amiga não tivesse sido marcada para sempre pela atitude covarde e inconsequente de um homem, e de toda uma sociedade que não aceita a sexualidade da mulher.

Esta história não é somente sobre as mulheres que foram corajosas para me contar suas experiências de revenge porn, mas também para todas que não suportaram a dor da exposição sem consentimento. Este livro também é para os milhares de adolescentes que perderam a vida diante das risadas e julgamentos da sociedade. Este livro é para as mulheres que foram tratadas como criminosas simplesmente por serem mulheres num país que trata o sexo desinibido como o maior dos atos pecaminosos.

IN MY LIFE
The Beatles

Agradecimentos

Sempre fico desesperada quando vou escrever agradecimentos. Lembro que passei vinte minutos chorando após terminar o da minha monografia, sabiam? Pois é. Não sei lidar direito com o sentimento de gratidão — ainda que seja muito bonito —, porque geralmente penso que nenhum agradecimento, elogio ou palavra desse mundo chegará aos pés da importância que as pessoas citadas têm na minha vida.

Às minhas duas avós, Zélia e Nilda, por terem me amado desde o primeiro momento que estive neste mundo até seus últimos suspiros.

Mãe, Toninho, Davi, Pai e Dexter, bom, vocês são a razão de tudo isso. São minha base, me seguraram nos momentos que ameacei cair e me trouxeram de volta ao meu caminho. Amo infinitamente cada um, e este livro também é de vocês. Inclusive, esse agradecimento se estende à família; tanto aos Machado quanto aos Rodrigues. Amo todos, sem exceção. Um agradecimento especial ao meu irmão-primo, Vini. O Vinícius do livro é muito mais legal que você, mas até que cê é bacana.

Ju, Rafael, Rafaela e Pâm: como eu conseguiria passar pelas tantas crises se não fosse por vocês ali, sempre presentes, me deixando mais leve e menos desesperada com o que poderia dar errado? Vocês são extremamente importantes e insubstituíveis para mim.

Bruno, Pedro e Hugo: obrigada pelos sprints de escrita, pela distração garantida e pelas infinitas madrugadas fazendo chamadas de vídeo só para conversarmos sobre as coisas mais aleatórias possíveis, indo de espíritos a receitas de pudim na mesma ligação.

Aos Retirantes, por sempre estarem dispostos a me acolher. Por serem a definição perfeita da palavra “amizade” no dicionário da minha vida. Não sei o que seria de mim sem vocês.

Ao Luba, por ser uma pessoa genuinamente gentil, e por deixar minha vida mais leve desde o primeiro dia que trocamos uma palavra.

Ao Matheus, meu namorado, melhor amigo, parceiro de crime e todas essas coisas bonitas que a gente vê numa comédia romântica. A diferença é que Matheus é muito mais legal que esses protagonistas previsíveis e quase-todos-iguais dos filmes.

Obrigada à toda a equipe da editora Galera Record e Agência Página 7, em especial para duas mulheres incríveis e inspiradoras: Ana Lima e Gui Liaga. Ana, já cansei de te falar que as palavras não são suficientes. Você é minha fada madrinha. E Gui, uma das partes mais divertidas do processo de escrita é saber que, em alguns dias, vou ler os seus comentários ma-ra-vi-lho-sos durante a revisão! E que você não é só minha agente literária, mas sim minha amiga, com quem desabafo e sei que posso contar. AMO vocês duas, obrigada por me inspirarem cada vez mais.

Aos meus inscritos, que agora também são meus leitores: TUDO isso só está sendo possível graças a vocês. Obrigada por confiarem em mim desde o começo.

Aos meus amigos que também são escritores, obrigada por cada ensinamento, mesmo que vocês nem ao menos percebam o quanto me engrandecem.

E, por último, mas obviamente não menos importante: às mulheres que já sentiram na pele o que a Lola sentiu, às mulheres inspiradoras e corajosas que me ajudaram enquanto eu ainda estava pesquisando sobre o assunto. Às vítimas de revenge porn, por não desistirem.

Que não lhes falte resiliência, que ninguém jamais lhes diminuam ou use o seu corpo contra você. Que possamos caminhar juntas para mudar essa assustadora realidade — e que jamais nos calemos.

Este livro foi composto na tipografia
Adobe Garamond Pro, em corpo 13/18, e impresso em
papel off-white no Sistema Digital Instant Duplex
da Divisão Gráfica da Distribuidora Record.